Tucholsky Wagner Zola Scott Sydow Freud Schlegel
Turgenev Wallace Fonatne
Twain Walther von der Vogelweide Fouqué Friedrich II. von Preußen
Weber Freiligrath
Kant Ernst Frey
Fechner Fichte Weiße Rose von Fallersleben Richthofen Frommel
Hölderlin
Engels Fielding Eichendorff Tacitus Dumas
Fehrs Faber Flaubert
Eliasberg Ebner Eschenbach
Feuerbach Maximilian I. von Habsburg Fock Eliot Zweig
Ewald Vergil
Goethe Elisabeth von Österreich London
Mendelssohn Balzac Shakespeare Dostojewski Ganghofer
Lichtenberg Rathenau Doyle Gjellerup
Trackl Stevenson Tolstoi Hambruch
Mommsen Thoma Lenz Hanrieder Droste-Hülshoff
von Arnim Hägele Hauff Humboldt
Dach Verne
Karrillon Reuter Rousseau Hagen Hauptmann Gautier
Garschin
Defoe Hebbel Baudelaire
Damaschke Descartes
Hegel Kussmaul Herder
Wolfram von Eschenbach Dickens Schopenhauer
Bronner Darwin Melville Grimm Jerome Rilke George
Campe Horváth Aristoteles Bebel Proust
Bismarck Vigny Barlach Voltaire Federer Herodot
Gengenbach Heine
Storm Casanova Tersteegen Gilm Grillparzer Georgy
Chamberlain Lessing Langbein
Brentano Lafontaine Gryphius
Strachwitz Claudius Schiller Schilling Kralik Iffland Sokrates
Katharina II. von Rußland Bellamy Gerstäcker Raabe Gibbon Tschechow
Löns Hesse Hoffmann Gogol Wilde Gleim Vulpius
Luther Heym Hofmannsthal Klee Hölty Morgenstern
Roth Heyse Klopstock Puschkin Kleist Goedicke
Luxemburg La Roche Homer Mörike
Machiavelli Horaz Musil
Navarra Aurel Musset Kierkegaard Kraft Kraus
Nestroy Marie de France Lamprecht Kind Kirchhoff Hugo Moltke
Laotse Ipsen Liebknecht
Nietzsche Nansen Ringelnatz
Marx Lassalle Gorki Klett Leibniz
von Ossietzky May vom Stein Lawrence Irving
Petalozzi Knigge
Platon Pückler Michelangelo Kock Kafka
Sachs Poe Liebermann Korolenko
de Sade Praetorius Mistral Zetkin

Der Verlag tredition aus Hamburg veröffentlicht in der Reihe **TREDITION CLASSICS** Werke aus mehr als zwei Jahrtausenden. Diese waren zu einem Großteil vergriffen oder nur noch antiquarisch erhältlich.

Symbolfigur für **TREDITION CLASSICS** ist Johannes Gutenberg (1400 — 1468), der Erfinder des Buchdrucks mit Metalllettern und der Druckerpresse.

Mit der Buchreihe **TREDITION CLASSICS** verfolgt tredition das Ziel, tausende Klassiker der Weltliteratur verschiedener Sprachen wieder als gedruckte Bücher aufzulegen – und das weltweit!

Die Buchreihe dient zur Bewahrung der Literatur und Förderung der Kultur. Sie trägt so dazu bei, dass viele tausend Werke nicht in Vergessenheit geraten.

Vermischte Schriften

Heinrich Heine

Impressum

Autor: Heinrich Heine
Umschlagkonzept: toepferschumann, Berlin

Verlag: tredition GmbH, Hamburg
ISBN: 978-3-8424-9052-9
Printed in Germany

Rechtlicher Hinweis:
Alle Werke sind nach unserem besten Wissen gemeinfrei und unterliegen damit nicht mehr dem Urheberrecht.

Ziel der TREDITION CLASSICS ist es, tausende deutsch- und fremdsprachige Klassiker wieder in Buchform verfügbar zu machen. Die Werke wurden eingescannt und digitalisiert. Dadurch können etwaige Fehler nicht komplett ausgeschlossen werden. Unsere Kooperationspartner und wir von tredition versuchen, die Werke bestmöglich zu bearbeiten. Sollten Sie trotzdem einen Fehler finden, bitten wir diesen zu entschuldigen. Die Rechtschreibung der Originalausgabe wurde unverändert übernommen. Daher können sich hinsichtlich der Schreibweise Widersprüche zu der heutigen Rechtschreibung ergeben.

Einleitung zu »Kahldorf über den Adel, in Briefen an den Grafen M. von Moltke«

(1831)

Der gallische Hahn hat jetzt zum zweiten Male gekräht, und auch in Deutschland wird es Tag. In entlegene Klöster, Schlösser, Hansestädte und dergleichen letzte Schlupfwinkel des Mittelalters flüchten sich die unheimlichen Schatten und Gespenster, die Sonnenstrahlen blitzen, wir reiben uns die Augen, das holde Licht dringt uns ins Herz, das wache Leben umrauscht uns, wir sind erstaunt, wir befragen einander: – Was taten wir in der vergangenen Nacht?

Nun ja, wir träumten in unserer deutschen Weise, d.h., wir philosophieren. Zwar nicht über die Dinge, die uns zunächst betrafen oder zunächst passierten, sondern wir philosophierten über die Realität der Dinge an und für sich, über die letzten Gründe der Dinge und ähnliche metaphysische und transzendentale Träume, wobei uns der Mordspektakel der westlichen Nachbarschaft zuweilen recht störsam wurde, ja sogar recht verdrießlich, da nicht selten die französischen Flintenkugeln in unsere philosophischen Systeme hineinpfiffen und ganze Fetzen davon fortfegten.

Seltsam ist es, daß das praktische Treiben unserer Nachbarn jenseits des Rheins dennoch eine eigene Wahlverwandtschaft hatte mit unserem philosophischen Träumen im geruhsamen Deutschland. Man vergleiche nur die Geschichte der französischen Revolution mit der Geschichte der deutschen Philosophie, und man sollte glauben: die Franzosen, denen so viel[1] wirkliche Geschäfte oblagen, wobei sie durchaus wach bleiben mußten, hätten uns Deutsche ersucht, unterdessen für sie zu schlafen und zu träumen, und unsere deutsche Philosophie sei nichts anders als der Traum der französischen Revolution. So hatten wir den Bruch mit dem Bestehenden und der Überlieferung im Reiche des Gedankens, ebenso wie die Franzosen im Gebiete der Gesellschaft, um die Kritik der reinen Vernunft sammelten sich unsere philosophischen Jacobiner, die nichts gelten ließen, als was jener Kritik standhielt, Kant war unser Robespierre. – Nachher kam Fichte mit seinem Ich, der Napoleon der Philosophie, die höchste Liebe und der höchste Egoismus, die

Alleinherrschaft des Gedankens, der souveräne Wille, der ein schnelles Universalreich improvisierte, das ebensoschnell wieder verschwand, der despotische, schauerlich einsame Idealismus. – Unter seinem konsequenten Tritte seufzten die geheimen Blumen, die von der Kantischen Guillotine noch verschont geblieben oder seitdem unbemerkt hervorgeblüht waren, die unterdrückten Erdgeister regten sich, der Boden zitterte, die Konterrevolution brach aus, und unter Schelling erhielt die Vergangenheit mit ihren traditionellen Interessen wieder Anerkenntnis, sogar Entschädigung, und in der neuen Restauration, in der Naturphilosophie, wirtschafteten wieder die grauen Emigranten, die gegen die Herrschaft der Vernunft und der Idee beständig intrigiert, der Mystizismus, der Pietismus, der Jesuitismus, die Legitimität, die Romantik, die Deutschtümelei, die Gemütlichkeit – bis Hegel, der Orleans der Philosophie, ein neues Regiment begründete oder vielmehr ordnete, ein elektrisches Regiment, worin er freilich selber wenig bedeutet, dem er aber an die Spitze gestellt ist, und worin er den alten Kantischen Jakobinern, den Fichte'sehen Bonapartisten, den Schelling'schen Pairs und seinen eignen Kreaturen eine feste, verfassungsmäßige Stellung anweist.

In der Philosophie hätten wir also den großen Kreislauf glücklich beschlossen, und es ist natürlich, daß wir jetzt zur Politik übergehen. Werden wir hier dieselbe Methode beobachten? Werden wir mit dem System des *Comité de salut publique,* oder mit dem System des *Ordre légal* den Kursus eröffnen? Diese Fragen durchzittern alle Herzen, und wer etwas Liebes zu verlieren hat, und sei es auch nur den eigenen Kopf, flüstert bedenklich: Wird die deutsche Revolution eine trockene sein oder eine naßrote –?

Aristokraten und Pfaffen drohen beständig mit den Schreckbildern aus den Zeiten des Terrorismus, Liberale und Humanisten versprechen uns dagegen die schönen Szenen der großen Woche und ihrer friedlichen Nachfeier; – beide Parteien täuschen sich oder wollen andere täusche. Denn nicht weil die französische Revolution in den neunziger Jahren so blutig und entsetzlich, vorigen Juli aber so menschlich und schonend war, läßt sich folgern, daß eine Revolution in Deutschland ebenso den einen oder den andern Charakter annehmen müsse. Nur wenn dieselben Bedingnisse vorhanden sind, lassen sich dieselben Erscheinungen erwarten. Der Charakter der französischen Revolution war aber zu jeder Zeit bedingt von dem moralischen Zustande des Volks, und besonders von seiner politischen Bildung. Vor dem ersten Ausbruch der Revolution, aber doch nur in den höheren Ständen und hie und da im Mittelstand; die unteren Klassen waren geistig verwahrlost, und durch den engherzigsten Despotismus von jedem edlen Emporstreben abgehalten. Was aber gar politische Bildung betrifft, so fehlte sie nicht nur jenen unteren, sondern auch den oberen Klassen. Man wußte damals nur von kleinlichen Manövers zwischen rivalisierenden Korporationen, von wechselseitigem Schwächungssysteme, von Traditionen der Routine, von doppeldeutigen Formelkünsten, von Maitresseneinfluß und dergleichen Staatsmisère. Montesquieu hatte nur eine verhältnismäßig geringe Anzahl Geister geweckt. Da er immer von einem historischen Standpunkte ausgeht, gewann er wenig Einfluß auf die Massen eines enthusiastischen Volks, das am empfänglichsten ist für Gedanken, die ursprünglich und frisch aus dem Herzen quellen, wie in den Schriften Rousseau's. Als aber dieser, der Hamlet von Frankreich, der den zürnenden Geist erblickt und die argen Gemüter der gekrönten Giftmischer, die gleißende Leerheit der Schranzen, die läppische Lüge der Hofetikette und die gemeinsame Fäulnis durchschaute und schmerzhaft ausrief: »Die Welt ist aus ihren Fugen getreten, weh' mir, daß ich sie wieder einrichten soll!« als Jean Jacques Rousseau halb mit verstelltem, halb mit wirklichem Verzweiflungswahnsinn seine große Klage und Anklage erhob; – als Voltaire, der Lucian des Christentums, den römischen Priestertrug und das darauf gebaute göttliche Recht des Despotismus zugrunde lächelte; – als Lafayette, der Held zweier Welten und zweier Jahrhunderte, mit den Argonauten der Freiheit aus Amerika zurückkehrte und die Idee einer freien Konstitution, das goldene Fließ, mitbrachte; – als Necker rechnete und Sieyes definierte und Mirabeau redete, und die Donner der konstituierenden Versammlung über die welke Monarchie und ihr blühendes Defizit dahinrollten, und neue ökonomische und staatsrechtliche Gedanken, wie plötzliche Blitze, emporschossen: – da mußten die Franzosen die große Wissenschaft der Freiheit, die Politik, erst erlernen, und die ersten Anfangsgründe kamen ihnen teuer zu stehen, und es kostete ihnen ihr bestes Blut.

Daß aber die Franzosen so teures Schulgeld bezahlen mußten, das war die Schuld jener blödsinnig lichtscheuen Despotie, die, wie gesagt, das Volk in geistiger Unmündigkeit zu erhalten gesucht, alle staatswissenschaftliche Belehrung hintertrieben, den Jesuiten und Obskuranten der Sorbonne die Bücherzensur übertragen, und gar die periodische Presse, das mächtigste Beförderungsmittel der Volksintelligenz, aufs lächerlichste unterdrückt hatte. Man lese nur in Mercier's *Tableau de Paris* den Artikel über die Zensur vor der Revolution, und man wundert sich nicht mehr über jene krasse politische Unwissenheit der Franzosen, die nachher zur Folge hatte, daß sie von den neuen politischen Ideen mehr geblendet als erleuchtet, mehr erhitzt als erwärmt wurden, daß sie jedem Pamphletisten und Journalisten aufs Wort glaubten, und daß sie von jedem Schwärmer, der sich selbst betrog, und jedem Intriganten, den Pitt besoldete, zu den ausschweifendsten Handlungen verleitet werden konnten. Da ist ja eben der Segen der Preßfreiheit, sie raubt der kühnen Sprache des Demagogen allen Zauber der Neuheit, das leidenschaftliche Wort neutralisiert sie durch eben so leidenschaftliche Gegenrede, und sie erstickt in der Geburt schon die Lügengerüchte, die, von Zufall oder Bosheit gesäet, so tödlich frech emporwuchern im Verborgenen, gleich jenen Giftpflanzen, die nur in dunklen Waldsümpfen und im Schatten alter Burg- und Kirchentrümmer gedeihen, im hellen Sonnenlichte aber elendig und jämmerlich verdorren. Freilich, das helle Sonnenlicht der Preßfreiheit ist für den Sklaven, der lieber im Dunkeln die allerhöchsten Fußtritte hinnimmt, ebenso fatal wie für den Despoten, der eine einsame Ohnmacht nicht gern beleuchtet sieht. Es ist wahr, daß die Zensur solchen Leuten sehr angenehm ist. Aber es ist nicht weniger wahr, daß die Zensur, indem sie einige Zeit dem Despotismus Vorschub leistet, ihn am Ende mitsamt dem Despoten zugrunde richtet, daß dort, wo die Ideenguillotine gewirtschaftet, auch bald die Menschenzensur eingeführt wird, daß derselbe Sklave, der die Gedanken hinrichtet, späterhin mit derselben Gelassenheit[1]

---

[1] ???Hier folgt im Originalmanuskript die häufig bis zur Unleserlichkeit durchstrichene Stelle: »das Henkeramt auch an Menschen verrichten werde, und daß Monsieur Sanson, als er Se. allerchristlichste Majestät, den König von Frankreich, aus dem Buche des Lebens ausstrich, nur als natürlicher Nachfolger den Zensor von Paris im Handwerk ablöste.

seinen eigenen Herrn ausstreicht aus dem Buche des Lebens.

Ach! diese Geisteshenker machen uns selbst zu Verbrechern, und der Schriftsteller, der wie eine Gebärerin während des Schreibens gar bedenklich aufgeregt ist, begeht in diesem Zustande sehr oft einen Gedankenkindermord, eben aus wahnsinniger Angst vor dem Richtschwerte des Zensors. Ich selbst unterdrücke in diesem Augenblick einige neugeborene unschuldige Betrachtungen über die Geduld und Seelenruhe, womit meine lieben Landsleute schon seit so vielen Jahren ein Geistermordgesetz ertragen, das Polignac in Frankreich nur zu promulgieren brauchte, um eine Revolution hervorzubringen. Ich spreche von den berühmten Ordonnanzen, deren bedenklichste eine strenge Zensur der Tagesblätter anordnete und alle edle Herzen in Paris, mit Entsetzen erfüllte – die friedlichsten Bürger griffen zu den Waffen, man barrikadierte die Gassen, man focht, man stürmte, es donnerten die Kanonen, es heulten die Glocken, es pfiffen die bleiernen Nachtigallen, die junge Brut des toten Adlers, die *École polytechnique*, flatterte aus dem Neste mit Blitzen in den Krallen, alte Pelikane der Freiheit stürzten in die Bajonette und nährten mit ihrem Blute die Begeisterung der Jungen, zu Pferde stieg Lafayette, der Unvergleichliche, dessengleichen die Natur nicht mehr als einmal erschaffen könnte, und den sie deshalb in ihrer ökonomischen Weise für zwei Welten und für zwei Jahrhun-

---

2 Dieser Wahrheit bin ich jüngst in der grauenhaftesten Weise bewußt geworden, als die Unruhen, die Europa bewegen, auch bis in die Statt meines zufälligen Aufenthalts gedrungen waren und ich die heidnische Wildheit entzügelter Volksmassen in der Nähe betrachtete. Es blieb, Gottlob! Nur bei Steinwürfen und Fensterklirre, und des andern Tags war schon alles wieder beschwichtigt durch die----------------unter dem: »Ein' feste Burg ist unser Gott« -------------------------gefunden hatten. Ich aber verbrachte sehr schlecht die Nacht, als jene Unruhen vorfielen, ich konnte nicht einschlafen vor lauter Revolutionsgreuelgedanken, und dachte beständig an Ludwig XVI., und dann auch an Karl I. und grübelte nach, wer wohl der verlarvte Scharfrichter gewesen sei, der ihn geköpft hat, und als ich einschlief, träumte mir, ich stände unter einer brausenden Volksmenge, die nach einem großen Hause emporgaffte, das ungefähr wie Whitehall aussah, und vor dessen Fenstern sich ein schwarzes Gerüste erhob, wo auf einer schwarzen----ein weißes----Haupt lag, und siehe! als der verlarvte Scharfrichter zu einem Streiche auslangen wollte, entfiel ihm die Maske, und zum Vorschein kam eines wohlbekannten--wohlbekanntes --Gesicht.«

derte zu benutzen sucht – und nach drei heldenmütigen Tagen lag die Knechtschaft zu Boden mit ihren roten Schergen und ihren weißen Lilien; und die heilige Dreifarbigkeit, umstrahlt von der Glorie des Sieges, wehte über dem Kirchturm Unserer lieben Frauen von Paris! Da geschahen keine Greuel, da gab's kein mutwilliges Morden, da erhob sich keine allerchristlichste Guillotine, da trieb man keine gräßlichen Späße, wie z.B. bei jener famosen Rückkehr von Versailles, als man, gleich Standarten, die blutigen Köpfe des Herren von Deshuttes und von Varicourt voraustrug und in Sèvres still hielt, um sie dort von einem Citoyen-Perruquier abwaschen und hübsch frisieren zu lassen. – Nein, seit jener Zeit, schaurigen Angedenkens, hatte die französische Presse das Volk von Paris für bessere Gefühle und minder blutige Witze empfänglich gemacht, sie hatte die Ignoranz ausgejätet aus den Herzen und Intelligenz hineingesäet, die Frucht eines solchen Samens war die edle, legendenartige Mäßigung und rührende Menschlichkeit des Pariser Volks in der großen Woche – und, in der Tat! wenn Polinac späterhin nicht auch physisch den Kopf verlor, so verdankt er es einzig und allein den milden Nachwirkungen derselben Preßfreiheit, die er törichterweise unterdrücken wollte.

So erquickt der Sandelbaum mit seinen lieblichsten Düften eben jenen Feind, der frevelhaft seine Rinde verletzt hat.

Ich glaube mit diesen flüchtigen Bemerkungen genugsam angedeutet zu haben, wie jede Frage über den Charakter, den die Revolution in Deutschland annehmen möchte, sich in eine Frage über den Zustand der Zivilisation und der politischen Bildung des deutschen Volks verwandeln muß, wie diese Bildung ganz abhängig ist von der Preßfreiheit, und wie es unser ängstlichster Wunsch sein muß, daß durch letztere bald recht viel Licht verbreitet werde, ehe die Stunde kommt, wo die Dunkelheit mehr Unheil stiftet als die Leidenschaft, und Ansichten und Meinungen, je weniger sie vorher erörtert und besprochen worden, um so grauenhaft stürmischer auf die blinde Menge wirken und von den Parteien als Losungsworte benutzt werden.

»Die bürgerliche Gleichheit« könnte jetzt in Deutschland, ebenso wie einst in Frankreich, das erste Losungswort der Revolution werden, und der Freund des Vaterlandes darf wohl keine Zeit versäumen, wenn er dazu beitragen will, daß die Streitfrage »über den Adel« durch eine ruhige Erörterung geschlichtet oder ausgeglichen werde, ehe sich ungefüge Disputanten einmischen mit allzuschlagenden Beweistümern, wogegen weder die Kettenschlüsse der Polizei, noch die schärfsten Argumente der Infanterie und Kavallerie, nicht einmal die *Ultima ratio regis,* die sich leicht in eine *Ultimi ratio regis* verwandeln könnte, etwas auszurichten vermöchten. In dieser trüben Hinsicht erdachte ich die Herausgabe gegenwärtiger Schrift für ein verdienstliches Werk. Ich glaube, der Ton der Mäßigung, der darin herrscht, entspricht dem angedeuteten Zwecke. Der Verfasser bekämpft mit indischer Geduld eine Broschüre, betitelt:

»Über den Adel und dessen Verhältnis zum Bürgerstande.
Von dem Grafen M. v. Moltke, königl. dänischem Kammerherrn
und Mitgliede des Obergerichts zu Gottorff.
Hamburg, bei Perthes und Besser. 1830.«

Doch wie in dieser Broschüre, so ist auch in der Entgegnung das Thema keineswegs erschöpft, und die Hin- und Widerrede betrifft nur den allgemeinen, sozusagen dogmatischen Teil der Streitfrage. Der hochgeborene Kämpe sitzt auf seinem Tournierroß und behauptet keck die mittelalterliche Zote, daß durch adlige Zeugung ein besseres Blut entstehe als durch gemein bürgerliche Zeugung, er verteidigt die Geburtsprivilegien, das Vorzugsrecht bei einträglichen Hof-, Gesandtschafts- und Waffenämtern, womit man den Adligen dafür belohnen soll, daß er sich die große Mühe gegeben hat, geboren zu werden, und so weiter; – dagegen erhebt sich ein Streiter, der Stück vor Stück jene bestialischen und aberwitzigen Behauptungen und die übrigen noblen Ansichten herunterschlägt, und die Wahlstätte wird bedeckt mit den glänzenden Fetzen des Vorurteils und den Wappentrümmern altadliger Insolenz. Dieser bürgerliche Ritter kämpft gleichsam mit geschlossenem Visier, das Titelblatt dieser Schrift bezeichnet ihn nur mit erborgtem Namen, der vielleicht späterhin ein braver *Nom de guerre* wird. Ich weiß selbst wenig mehr von ihm zu sagen, als daß sein Vater ein Schwertfeger war und gute Klingen machte.

Daß ich selbst nicht der Verfasser dieser Schrift bin, sondern sie nur zum Druck befördere, brauche ich wohl nicht erst ausführlich zu beteuern. Ich hätte nimmermehr mit solcher Mäßigung die adeligen Prätensionen und Erblügen diskutieren können. Wie heftig wurde ich einst, als ein niedliches Gräfchen, mein bester Freund, während wir auf der Terrasse eines Schlosses spazieren gingen, die Besserblütigkeit des Adels zu beweisen suchte! Indem wir noch disputierten, beging sein Bedienter ein kleines Versehen, und der hochgeborene Herr schlug dem niedriggeborenen Knechte ins Gesicht, daß das unedle Blut hervorschoß, und stieß ihn noch obendrein die Terrasse hinab. Ich war damals zehn Jahr' jünger, und warf den edlen Grafen sogleich ebenfalls die Terrasse hinab – es war mein bester Freund, und er brach ein Bein. Als ich ihn nach seiner Genesung wiedersah – er hinkte nur noch ein bißchen – war er doch noch immer von seinem Adelsstolze nicht kuriert und behauptete frischweg: der Adel sei als Vermittler zwischen Volk und König eingesetzt, nach dem Beispiele Gottes, der zwischen sich und den Menschen die Engel gesetzt hat, die seinem Trone zunächst stehen, gleichsam ein Adel des Himmels. Holder Engel, antwortete ich, gehe mal einige Schritte auf und ab – Er tat es – und der Vergleich hinkte.

Ebenso hinkend ist ein Vergleich, den der Graf Moltke in derselben Beziehung mitteilt. Um seine Weise durch ein Beispiel zu zeigen, will ich seine eignen Worte hersetzen: »Der Versuch, den Adel aufzuheben, in welchem sich die flüchtige Achtung zu einer dauernden Gestalt verkörpert, würde den Menschen isolieren, würde ihn auf eine unsichere Höhe erheben, der es an den nötigen Bindungsmitteln an die untergeordnete Menge fehlt, würde ihn mit Werkzeugen seiner Willkür umgeben, wodurch, wie sich dieses im Oriente so oft gezeigt, die Existenz des Herrschers in eine gefahrvolle Lage gerät. Burke nennt den Adel das korinthische Kapital wohlgeordneter Staaten, und daß hierin nicht bloß eine rednerische Figur zu suchen, dafür bürgt der erhabene Geist dieses außerordentlichen Mannes, dessen ganzes Leben dem Dienste einer vernünftigen Freiheit gewidmet war.«

Durch dasselbe Beispiel ließe sich zeigen, wie der edle Graf durch Halbkenntnisse getäuscht wird. Burken nämlich gebührt keineswegs das Lob, das er ihm spendet; denn ihm fehlt jene *Consistency*, welche die Engländer für die erste Tugend eines Staatsmannes halten. Burke besaß nur rhetorische Talente, womit er in der zweiten Hälfte seines Lebens die liberalen Grundsätze bekämpfte, denen er in der ersten Hälfte gehuldigt hatte. Ob er durch diesen Gesinnungswechsel die Gunst der Großen erkriechen wolle, ob Sheridan's liberale Triumphe in St. Stephan aus Depit und Eifersucht ihn bestimmten, als dessen Gegner jene mittelalterliche Vergangenheit zu verfechten, die ein ergiebigeres Feld für romantische Schilderungen und rednerische Figuren darbot, ob er ein Schurke oder ein Narr war, das weiß ich nicht. Aber ich glaube, daß es immer verdächtig ist, wenn man zu Gunsten der regierenden Gewalt seine Ansichten wechselt, und daß man dann immer ein schlechter Gewährsmann bleibt. Ein Mann, der nicht in diesem Falle ist, sagt einst: »Die Adligen sind nicht die Stützen, sondern die Karyatiden des Thrones.« Ich denke, dieser Vergleich ist richtiger als der von dem Kapitel einer korinthischen Säule. Überhaupt, wir wollen letzteren so viel als möglich abweisen; es könnten sonst einige wohlbekannte Kapitalisten den kapitalen Einfall bekommen, sich anstatt des Adels als korinthisches Kapital der Staatssäulen zu erheben. Und das wäre gar der allerwiderwärtigste Anblick.

Doch ich berühre hier einen Punkt, der erst in einer späteren Schrift beleuchtet werden soll; der besondere, praktische Teil der Streitfrage über den Adel mag alsdann ebenfalls seine gehörige Erörterung finden. Denn, wie ich schon oben angedeutet, gegenwärtige Schrift befaßt sich nur mit dem Grundsätzlichen, sie bestreitet Rechtsansprüche, und sie zeigt mir, wie der Adel im Widerspruch ist mit der Vernunft, der Zeit und mit sich selbst. Der besondere praktische Teil betrifft aber jene siegreichen Anmaßungen und faktischen Usurpationen des Adels, wodurch er das Heil der Völker so sehr bedroht und täglich mehr und mehr untergräbt. Ja, es scheint mir, als glaube der Adel selbst nicht an seine eignen Prätensionen, und schwatze sie bloß hin als Köder für bürgerliche Polemik, die sich damit beschäftigen möge, damit ihre Aufmerksamkeit und Kraft abgeleitet werde von der Hauptsache. Diese besteht nicht in der Institution des Adels als solchen, nicht in bestimmten Privilegien, nicht in Fron-, Handdienst-, Gerichts- und anderen Gerechtigkeiten und allerlei herkömmlichen Realbefreiungen; die Hauptsache besteht vielmehr in dem unsichtbaren Bündnisse aller derjenigen, die soundsoviel' Ahnen aufzuweisen haben, und die stillschweigend die Übereinkunft getroffen haben, sich aller leitenden Macht der Staaten zu bemächtigen, indem sie, gemeinschaftlich die bürgerlichen Rotüriers zurückdrängend, fast alle höhere Offizierstellen und durchaus alle Gesandtschaftsposten an sich bringen. Solchermaßen können sie die Völker durch ihre untergebenen Soldaten in Respekt halten und durch diplomatische Verhetzungskünste zwingen, gegen einander zu fechten, wenn sie die Fessel der Aristokratie abschütteln oder zu diesem Zwecke fraternisierend sich verbünden möchten.

Seit dem Beginn der französischen Revolution steht solcherweise der Adel auf Kriegsfuß gegen die Völker, und kämpfte öffentlich oder geheim gegen das Prinzip der Freiheit und Gleichheit und dessen Vertreter, die Franzosen. Der englische Adel, der durch Rechte und Besitztümer der mächtigste war, wurde Bannerführer der europäischen Aristokratie, und John Bull bezahlte dieses Ehrenamt mit seinen besten Guineen und siegte sich bankerott. Während des Friedens, der nach jenem kläglichen Sieg erfolgte, führte Östreich das noble Banner, und besorgte die Adelsinteressen, und auf jedem feigen Verträglein, das gegen den Liberalismus geschlossen wurde, prangt obenan das wohlbekannte Siegellack, und, wie ihr unglücklicher Anführer, wurden auch die Völker selber in strengem Gewahrsam gehalten, ganz Europa wurde ein Sankt Helena und Metternich war dessen Hudson Lowe. Aber nur an dem sterblichen Leib der Revolution konnte man sich rächen, nur jene menschgewordene Revolution, die mit Stiefel und Sporen und besprizt mit Schlachtfeldblut zu einer kaiserlichen Blondine ins Bett gestiegen und die weißen Laken von Habsburg befleckt hatte, nur jene Revolution konnte man an einem Magenkrebse sterben lassen; der Geist der Revolution ist jedoch unsterblich und liegt nicht unter den Trauerweiden von Longwood, und in dem großen Wochenbette des Ende Juli wurde die Revolution wiedergeboren, nicht als einzelner Mensch, sondern als ganzes Volk, und in dieser Volkwerdung spottet sie des Kerkermeisters, der vor Schrecken das Schlüsselbund aus den Händen fallen läßt. Welche Verlegenheit für den Adel! Er hat sich freilich in der langen Friedenszeit etwas erholt von den früheren Anstrengungen, und er hat seitdem als stärkende Kur täglich Eselsmilch getrunken, und zwar von der Eselin des Papstes; doch fehlt es ihm immer noch an hinlänglichen Kräften zu einem neuen Kampfe. Der englische Bull kann jetzt am wenigsten den Feinden die Spitze bieten, wie früherhin; denn der ist am meisten erschöpft, und durch das beständige Ministerwechselfieber fühlt er sich matt in allen Gliedern, und es ist ihm eine Radikalkur, wo nicht gar die Hungerkur, verordnet, und das infizierte Irland soll ihm noch obendrein amputiert werden. Östreich fühlt sich ebenfalls nicht heroisch aufgelegt, den Agamemnon des Adels gegen Frankreich zu spielen; Staberle zieht nicht gern die Kriegsuniform an und weiß sehr gut, daß seine Parapluies nicht gegen Kugelregen schützen, und dabei schrecken ihn auch jetzt die Ungarn mit ihren grimmigen Schnurrbärten, und in Italien muß er vor jedem enthusiastischen Zitronenbaum eine Schildwache stellen, und zu Hause muß er Erzherzoginnen zeugen, um im Notfall das Ungetüm der Revolution damit abzuspeisen – »Das bringt ein Viech um«, sagte Staberle.

Aber in Frankreich flammt immer mächtiger die Sonne der Freiheit und überleuchtet die ganze Welt mit ihren Strahlen – – Aber sie dringt täglich weiter, die Idee eines Bürgerkönigs ohne Hofetikette, ohne Edelknechte, ohne Kourtisanen, ohne Kuppler, ohne diamantne Trinkgelder und sonstige Herrlichkeit – Aber die Pairskammer betrachtet man schon als ein Lazarett für die Inkurablen des alten Regimes, die man nur noch aus Mitleiden toleriert und mit der Zeit ebenfalls fortschafft – Seltsame Umwandlung! in dieser Not wendet sich der Adel an denjenigen Staat, den er in der letzten Zeit als den ärgsten Feind seiner Interessen betrachtet und gehaßt, er wendet sich an Rußland. Der große Zar, der noch jüngst der Gonfaloniere der Liberalen war, indem er der feudalistischen Aristokratie feindseligst gegenüberstand und gezwungen schien, sie nächstens zu befehden, eben dieser Zar wird jetzt von eben jener Aristokratie zum Bannerführer erwählt, und er ist genötigt, ihr Vorkämpfer zu werden. Denn ruht auch der russische Staat auf dem antifeudalistischen Prinzip einer Gleichheit aller Staatsbürger, denen nicht die Geburt, sondern das erworbene Staatsamt einen Rang erteilt, so ist doch auf der andern Seite das absolute Zarentum unverträglich mit den Ideen einer konstitutionellen Freiheit, die den geringsten Untertan selbst gegen eine wohltätige fürstliche Willkür schützen kann; – und wenn Kaiser Nikolas I. wegen jenes Prinzips der bürgerlichen Gleichheit von den Feudalisten gehaßt wurde, und obendrein, als offner Feind Englands und heimlicher Feind Östreichs, mit all seiner Macht der faktische Vertreter der Liberalen war, so wurde doch er seit dem Ende Juli der größte Gegner derselben, nachdem deren siegende Ideen von konstitutioneller Freiheit seinen Absolutismus bedrohen, und eben in seiner Eigenschaft als Autokrat weiß ihn die europäische Aristokratie zum Kampfe gegen das frank und freie Frankreich aufzureizen. Der englische Bull hat sich in einem solchen Kampfe die Hörner abgelaufen, und nun soll der russische Wolf seine Rolle übernehmen. Die hohe Noblesse von Europa weiß schlau genug das Schrecken der moskowitischen Wälder für ihre Zwecke zu benutzen und gehörig abzurichten; und den rauhen Gast schmeichelt es nicht wenig, daß er die Würde des alten, von Gottes Gnade eingesetzten Königtums verfechten soll gegen Fürstenlästrer und Adelsleugner, mit Wohlgefallen läßt er sich den mottigen Purpurmantel mit allem Goldflitterkram aus der byzantinischen Verlassenschaft um die Schulter hängen, und er läßt sich vom ehemaligen deutschen Kaiser die abgetragenen heiligen römischen Reichshosen verehren, und er setzt sich aufs Haupt die altfränkische Diamantenmütze *Caroli Magni* –

Ach! der Wolf hat die Garderobe der alten Großmutter angezogen, und zerreißt euch, arme Rotkäppchen der Freiheit!

Ist es mir doch, während ich dieses schreibe, als spritzte das Blut von Warschau bis auf mein Papier, und als hörte ich den Freudejubel der Berliner Offiziere und Diplomaten. Jubeln sie etwa zu früh? Ich weiß nicht; aber mir und uns allen ist so bang vor dem russischen Wolf und ich fürchte, auch wir deutschen Rotköpfchen fühlen bald Großmutters närrisch lange Hände und großes Maul. Dabei sollen wir uns noch obendrein marschfertig halten, um gegen Frankreich zu fechten. Heiliger Gott! Gegen Frankreich? Ja, hurra! Es geht gegen die Franzosen und die Berliner Ukasuisten und Knutologen behaupten, daß wir noch dieselben Gott-, König- und Vaterlandsretter sind wie Anno 1813, und Körner's »Leier und Schwert« soll wieder neu aufgelegt werden, Fouqué will noch einige Schlachtlieder hinzudichten, der Görres wird den Jesuiten wieder abgekauft, um den »Rheinischen Merkur« fortzusetzen, und wer freiwillig den heiligen Kampf mitmacht, kriegt Eichenlaub auf die Mütze und wird »Sie« tituliert und erhält nachher frei Theater oder soll wenigstens als Kind betrachtet werden und nur die Hälfte bezahlen, – und für patriotische Extrabemühungen soll dem ganzen Volke noch extra eine Konstitution versprochen werden.

Frei Theater ist immerhin eine schöne Sache, aber eine Konstitution wäre auch so übel nicht. Ja, wir könnten zu Zeiten ordentlich ein Gelüste danach bekommen. Nicht als ob wir der absoluten Güte oder dem guten Absolutismus unserer Monarchen mißtrauen; im Gegenteil, wir wissen, es sind lauter charmante Leute, und ist auch mal einer unter ihnen, der dem Stande Unehre macht, wie z. B. Se. Majestät der König Don Miguel, so bildet er doch nur eine Ausnahme, und wenn die allerhöchsten Kollegen nicht seinem blutigen Skandal ein Ende machen, wie sie doch leicht könnten, so geschieht es nur, um durch den Kontrast mit solchem gekrönten Wichte noch menschenfreundlich edler dazustehen und von ihren Untertanen noch mehr geliebt zu werden. Aber eine gute Konstitution hat doch ihr Gutes, und es ist den Völkern gar nicht zu verdenken, wenn sie sogar von den besten Monarchen sich etwas Schriftliches ausbitten, wegen Leben und Sterben. Auch handelt ein vernünftiger Vater sehr vernünftig, wenn er einige heilsame Schranken baut vor den Abgründen der souveränen Macht, damit seinen Kindern nicht einst ein Unglück begegne, wenn sie auf dem hohen Pferde des Stolzes und mit prahlendem Junkergefolge allzu keck galoppieren. Ich weiß ein Königskind, das in einer schlechten adligen Reitschule schon im voraus die größten Sprünge zu wagen lernt. Für solche Königskinder muß man doppelt hohe Schranken errichten, und man muß ihnen die goldnen Sporen umwickeln, und es muß ihnen ein zahmeres Roß und eine bürgerlich bescheidenere Genossenschaft zugeteilt werden. Ich weiß eine Jagdgeschichte – bei Sankt Hubert! Und ich weiß auch jemand, der tausend Taler Preußisch Courant darum gäbe, wenn sie gelogen wäre.

Ach! die ganze Zeitgeschichte ist jetzt nur eine Jagdgeschichte. Es ist jetzt die Zeit der hohen Jagd gegen die liberalen Ideen, und die hohen Herrschaften sind eifriger als je, und ihre uniformierten Jäger schießen auf jedes ehrliche Herz, worein sich die liberalen Ideen geflüchtet, und es fehlt nicht an gelehrten Hunden, die das blutende Wort als gute Beute heranschleppen. Berlin füttert die beste Koppel, und ich höre schon, wie die Meute losbellt gegen dieses Buch.

Geschrieben den 8. März 1831
Heinrich Heine

Vorrede zum ersten Bande des »Salon«

(1833)

»Ich rate Euch, Gevatter, laßt mich auf Euer Schild keinen goldenen Engel, sondern einen roten Löwen malen; ich bin mal dran gewöhnt, und Ihr werdet sehen, wenn ich Euch auch einen goldenen Engel male, so wird er doch wie ein roter Löwe aussehn.«

Diese Worte eines ehrsamen Kunstgenossen soll gegenwärtiges Buch an der Stirne tragen, da sie jedem Vorwurf, der sich dagegen auffinden ließe, im voraus und ganz eingeständig begegnen. Damit alles gesagt sei, erwähne ich zugleich, daß dieses Buch, mit geringen Ausnahmen, im Sommer und Herbst 1831 geschrieben worden, zu einer Zeit, wo ich mich meistens mit den Kartons zu künftigen roten Löwen beschäftigte. Um mich her war damals viel Gebrülle und Störnis jeder Art.

Bin ich nicht heute sehr bescheiden?

Ihr könnt Euch darauf verlassen, die Bescheidenheit der Leute hat immer ihre guten Gründe. Der liebe Gott hat gewöhnlich die Ausübung der Bescheidenheit und ähnlicher Tugenden den Seinen sehr erleichtert. Es ist z.B. leicht, daß man seinen Feinden verzeiht, wenn man zufällig nicht so viel Geist besitzt, um ihnen schaden zu können, sowie es auch leicht ist, keine Weiber zu verführen, wenn man mit einer allzu schäbigen Nase gesegnet ist.

Die Scheinheiligen von allen Farben werden über manches Gedicht in diesem Buche wieder sehr tief seufzen – aber es kann ihnen

---

[3] Die nachstehenden Schriften: Über französische Maler, Memoiren des Herrn von Schnabelewopski, Zur Geschichte der Religion und Philosophie in Deutschland, Florentinische Nächte, Elementargeister, Der Rabbi von Bacharach, Über die französische Bühne
sowie einige Gedichte und Romanzen publizierte Heine zuerst unter dem Sammeltitel »Der Salon«. Da der im übrigen willkürlichen Zusammenstellung unter diesem Titel ein weiterer organischer Zusammenhang nicht innewohnte, so wurde diese Verbindung für die Gesamtausgabe nicht beibehalten, sondern die einzelnen Abschnitte passender den »Französischen Zuständen«, »Über Deutschland«, »Novellistischen Fragmenten« etc. zugeteilt. Der Herausgeber

nichts mehr helfen. Ein zweites, »nachwachsendes Geschlecht« hat eingesehen, daß all mein Wort und Lied aus einer großen, gottfreudigen Frühlingsidee emporblühte, die, wo nicht besser, doch wenigstens ebenso respektabel ist, wie jene triste, modrige Aschermittwochsidee, die unser schönes Europa trübselig entblumt und mit Gespenstern und Tartüffen bevölkert hat. Wogegen ich einst mit leichten Waffen frondierte, wird jetzt ein offener ernster Krieg geführt – ich stehe sogar nicht mehr in den ersten Reihen.

Gottlob! die Revolution des Julius hat die Zungen gelöst, die so lange stumm geschienen; ja, da die plötzlich Erweckten alles, was sie bis dahin verschwiegen, auf einmal offenbaren wollten, so entstand viel Geschrei, welches mir mitunter gar unerfreulich die Ohren betäubte. Ich hatte manchmal nicht übel Lust, das ganze Sprechamt aufzugeben; doch das ist nicht so leicht tunlich wie etwa das Aufgeben einer geheimen Staatsratstelle, obgleich letzte mehr einbringt als das beste öffentliche Tribunat. Die Leute glauben, unser Tun und Schaffen sei eitel Wahl, aus dem Vorrat der neuen Ideen griffen wir eine heraus, für die wir sprechen und wirken, streiten und leiden wollen, wie etwa sonst ein Philolog sich seinen Klassiker auswählte, mit dessen Kommentierung er sich sein ganzes Leben hindurch beschäftigte – nein, wir ergreifen keine Idee, sondern die Idee ergreift uns, und knechtet uns, und peitscht uns in die Arena hinein, daß wir, wie gezwungene Gladiatoren, für sie kämpfen. So ist es mit jedem echten Tribunal oder Apostolat. Es war ein wehmütiges Geständnis, wenn Amos sprach zu König Amazia: »Ich bin kein Prophet, noch keines Propheten Sohn, sondern ich bin ein Kuhhirt, der Maulbeeren ablieset; aber der Herr nahm mich von der Schafherde und sprach zu mir: Gehe hin und weissage!« Es war ein wehmütiges Geständnis, wenn der arme Mönch, der vor Kaiser und Reich zu Worms angeklagt stand ob seiner Lehre, dennoch, trotz aller Demut seines Herzens, jeden Widerruf für unmöglich erklärte und mit den Worten schloß: »Hier stehe ich, ich kann nicht anders, Gott helfe mir, Amen!«

Wenn ihr diese heilige Zwingnis kenntet, ihr würdet uns nicht mehr schelten, nicht mehr schmähen, nicht mehr verleumden – wahrlich, wir sind nicht die Herren, sondern die Diener des Wortes. Es war ein wehmütiges Geständnis, wenn Maximilian Robespierre sprach: »Ich bin ein Sklave der Freiheit.«

Und auch ich will jetzt Geständnisse machen. Es war nicht eitel Lust meines Herzens, daß ich alles verließ, was mir Teures im Vaterland blühte und lächelte – mancher liebte mich dort, z.B. meine Mutter – aber ich ging, ohne zu wissen warum; ich ging, weil ich mußte. Nachher ward mir sehr müde zumute; so lange vor den Juliustagen hatte ich das Prophetenamt getrieben, daß das innere Feuer mich schier verzehrt, daß mein Herz von den gewaltigen Worten, die daraus hervorgebrochen, so matt geworden wie der Leib einer Gebärerin ...

Ich dachte: – Habt meiner nicht mehr nötig, will auch einmal für mich selber leben und schöne Gedichte schreiben, Komödien und Novellen, zärtliche und heitere Gedankenspiele, die sich in meinem Hirnkasten angesammelt, und will mich wieder ruhig zurückschleichen in das Land der Poesie, wo ich als Knabe so glücklich gelebt.

Und keinen Ort hätte ich wählen können, wo ich besser imstande war, diesen Vorsatz in Ausführung zu bringen. Es war auf einer kleinen Villa dicht am Meer, nahe bei Havre-de-Grâce in der Normandie. Wunderbar schöne Aussicht auf die große Nordsee, ein ewig wechselnder und doch einfacher Anblick; heute grimmer Sturm, morgen schmeichelnde Stille; und drüberhin die weißen Wolkenzüge, riesenhaft und abenteuerlich, als wären es die spukenden Schatten jener Normannen, die einst auf diesen Gewässern ihr wildes Wesen getrieben. Unter meinem Fenster aber blühten die lieblichsten Blumen und Pflanzen: Rosen, die liebesüchtig mich anblickten, rote Nelken mit verschämt bittenden Düften, und Lorbeeren, die an die Mauer zu mir heraufrankten, fast bis in mein Zimmer hereinwuchsen, wie jener Ruhm, der mich verfolgt. Ja, einst lief ich schmachtend hinter Daphne einher, jetzt läuft Daphne nach mir, wie ein Metze, und drängt sich in mein Schlafgemach. Was ich einst begehrte, ist mir jetzt unbequem, ich möchte Ruhe haben, und wünschte, daß kein Mensch von mir spräche, wenigstens in Deutschland.[4] Und stille Lieder wollte ich dichten, und nur für mich, oder allenfalls um sie irgendeiner verborgenen Nachtigall vorzulesen. Es ging auch im Anfang; mein Gemüt ward wieder umfriedet von dem Geist der Dichtkunst, wohlbekannte edle Ge-

---

[4] Die Worte: »wenigstens in Deutschland« fehlen in den französischen Ausgaben. Der Herausgeber.

stalten und goldene Bilder dämmerten wieder empor in meinem Gedächtnisse, ich ward wieder so traumselig, so märchentrunken, so verzaubert wie ehemals, und ich brauchte nur mit ruhiger Feder alles aufzuschreiben, was ich eben fühlte und dachte – ich begann.

Nun aber weiß jeder, daß man bei solcher Stimmung nicht immer ruhig im Zimmer sitzen bleibt, und manchmal mit begeistertem Herzen und glühenden Wangen ins freie Feld läuft, ohne auf Weg und Steg zu achten. So erging's auch mir, und, ohne zu wissen wie, befand ich mich plötzlich auf der Landstraße von Havre, und vor mir her zogen hoch und langsam mehrere große Bauernwagen, bepackt mit allerlei ärmlichen Kisten und Kasten, altfränkischem Hausgeräte, Weibern und Kindern. Nebenher gingen die Männer, und nicht gering war meine Überraschung, als ich sie sprechen hörte – sie sprachen Deutsch, in schwäbischer Mundart. Leicht begriff ich, daß diese Leute Auswanderer waren, und als ich sie näher betrachtete, durchzuckte mich ein jähes Gefühl, wie ich es noch nie in meinem Leben empfunden; alles Blut stieg mir plötzlich in die Herzkammern und klopfte gegen die Rippen, als müsse es heraus aus der Brust, als müsse es so schnell als möglich heraus, und der Atem stockte mir in der Kehle. Ja, es war das Vaterland selbst, das mir begegnete, auf jenen Wagen saß das blaue Deutschland, mit seinen ernstblauen Augen, seinen traulichen, allzu bedächtigen Gesichtern, in den Mundwinkeln noch jene kümmerliche Beschränktheit, über die ich mich einst so sehr gelangweilt und geärgert, die mich aber jetzt gar wehmütig rührte – denn hatte ich einst, in der blühenden Lust der Jugend, gar oft die heimatlichen Verkehrtheiten und Philistereien verdrießlich durchgehechelt, hatte ich einst mit dem glücklichen, bürgermeisterlich gehäbigen, schneckenhaft trägen Vaterlande manchmal einen kleinen Haushader zu bestehen, wie er in großen Familien wohl vorfallen kann: so war doch all dergleichen Erinnerung in meiner Seele erloschen, als ich das Vaterland in Elend erblickte, in der Fremde, im Elend; selbst seine Gebrechen wurden mir plötzlich teuer und wert, selbst mit seinen Krähwinkeleien war ich ausgesöhnt, und ich drückte ihm die Hand, ich drückte die Hand jener deutschen Auswanderer, als gäbe ich dem Vaterland selber den Handschlag eines erneuten Bündnisses der Liebe, und wir sprachen Deutsch. Die Menschen waren ebenfalls sehr froh, auf einer fremden Landstraße diese Laute zu vernehmen; die besorglichen Schatten schwanden von ihren Gesichtern, und sie lächelten beinahe. Auch die Frauen, worunter manche recht hübsch, riefen mir ihr gemütliches »Griesch di Gott!« vom Wagen herab, und die jungen Bübli grüßten errötend höflich, und die ganz kleinen Kinder jauchzten mich an mit ihren zahnlosen lieben Mündchen. Und warum habt ihr denn Deutschland verlassen? fragte ich diese armen Leute. »Das Land ist gut und wären gern dageblieben«, antworteten sie, »aber wir konnten's nicht länger aushalten« –

Nein, ich gehöre nicht zu den Demagogen, die nur die Leidenschaft aufregen wollen, und ich will nicht alles wiedererzählen, was ich auf jener Landstraße bei Havre unter freiem Himmel gehört habe über den Unfug der hochnobeln und allerhöchst nobeln Sippschaften in der Heimat – auch lag die größere Klage nicht im Wort selbst, sondern im Ton, womit es schlicht und grad gesprochen, oder vielmehr geseufzt wurde. Auch jene armen Leute waren keine Demagogen; die Schlußrede ihrer Klage war immer: »Was sollten wir tun? Sollten wir eine Revolution anfangen?«

Ich schwöre es bei allen Göttern des Himmels und der Erde, der zehnte Teil von dem, was jene Leute in Deutschland erduldet haben, hätte in Frankreich sechsunddreißig Revolutionen hervorgebracht, und sechsunddreißig Königen die Krone mitsamt dem Kopf gekostet.

»Und wir hätten es doch noch ausgehalten und wären nicht fortgegangen«, bemerkte ein achtzigjähriger, also doppelt vernünftiger Schwabe, »aber wir taten es wegen der Kinder. Die sind noch nicht so stark wie wir an Deutschland gewöhnt, und können vielleicht in der Fremde glücklich werden; freilich, in Afrika werden sie auch manches ausstehen müssen.«

Diese Leute gingen nämlich nach Algier, wo man ihnen unter günstigen Bedingungen eine Strecke Landes zur Kolonisierung versprochen hatte. »Das Land soll gut sein«, sagten sie, »aber wie wir hören, gibt es dort viel' giftige Schlangen, die sehr gefährlich, und man hat dort viel auszustehen von den Affen, die die Früchte vom Felde naschen und gar die Kinder stehlen und mit sich in die Wälder schleppen. Das ist grausam. Aber zu Hause ist der Amtmann auch giftig, wenn man die Steuer nicht bezahlt, und das Feld wird einem von Wildschaden und Jagd noch weit mehr ruiniert und unsere Kinder wurden unter die Soldaten gesteckt – Was sollten wir tun? Sollten wir eine Revolution anfangen?«

Zur Ehre der Menschlichkeit muß ich hier des Mitgefühls erwähnen, daß, nach der Aussage jener Auswanderer, ihnen auf ihren Leidensstationen durch ganz Frankreich zuteil wurde. Die Franzosen sind nicht bloß das geistreichste, sondern auch das barmherzigste Volk. Sogar die Ärmsten suchten diesen unglücklichen Fremden irgendeine Liebe zu erzeigen, gingen ihnen tätig zu Hand beim Aufpacken und Abladen, liehen ihnen ihre kupfernen Kessel zum Kochen, halfen ihnen Holz spalten, Wasser tragen und waschen. Habe mit eigenen Augen gesehen, wie ein französisch Bettelweib einem armen kleinen Schwäbchen ein Stück von ihrem Brot gab, wofür ich mich auch herzlich bei ihr bedankte. Dabei ist noch zu bemerken, daß die Franzosen nur das materielle Elend dieser Leute kennen; jene können eigentlich gar nicht begreifen, warum diese Deutschen ihr Vaterland verlassen. Denn wenn den Franzosen die landesherrlichen Plackereien so ganz unerträglich werden, oder auch nur etwas allzu stark beschwerlich fallen, dann kommt ihnen doch nie in den Sinn, die Flucht zu ergreifen, sondern sie geben vielmehr ihren Drängern den Laufpaß, sie werfen sie zum Lande hinaus und bleiben hübsch selber im Lande, mit einem Wort: sie fangen eine Revolution an.

Was mich betrifft, so blieb mir durch jene Begegnung ein tiefer Kummer, eine schwarze Traurigkeit, eine bleierne Verzagnis im Herzen, dergleichen ich nimmermehr mit Worten zu beschreiben vermag. Ich, der eben noch so übermütig wie ein Sieger taumelte, ich ging jetzt so matt und krank einher wie ein gebrochener Mensch. Es war dieses wahrhaftig nicht die Wirkung eines plötzlich aufgeregten Patriotismus. Ich fühlte, es war etwas Edleres, etwas Besseres. Dazu ist mir seit langer Zeit alles fatal, was den Namen Patriotismus trägt. Ja, es konnte mir einst sogar die Sache selber einigermaßen verleidet werden, als ich den Mummenschanz jener schwarzen Narren erblickte, die aus dem Patriotismus ordentlich ins Handwerk gemacht, und sich auch eine angemessene Handwerkstracht zugelegt und sich wirklich in Meister, Gesellen und Lehrlinge eingeteilt, und ihre Zunftgrüße hatten, womit sie im Lande fechten gingen. Ich sage »Fechten« im schmutzigsten Knotensinne; denn das eigentliche Fechten mit dem Schwerte gehörte nicht zu ihren Handwerksbräuchen. Vater Jahn, der Herbergsvater Jahn, war im Kriege, wie männiglich bekannt, ebenso feige wie albern. Gleich dem Meister, waren auch die meisten Gesellen nur gemeine Naturen, schmierige Heuchler, deren Grobheit nicht einmal echt war. Sie wußten sehr gut, daß deutsche Einfalt noch immer die Grobheit für ein Kennzeichen des Mutes und der Ehrlichkeit ansieht, obgleich ein Blick in unsere Zuchthäuser hinlänglich belehrt, daß es auch grobe Schurken und grobe Memmen gibt. In Frankreich ist der Mut höflich und gesittet, und die Ehrlichkeit trägt Handschuh' und zieht den Hut ab. In Frankreich besteht auch der Patriotismus in der Liebe für ein Geburtsland, welches auch zugleich die Heimat der Zivilisation und des humanen Fortschritts. Obgedachter deutscher Patriotismus hingegen bestand in einem Hasse gegen die Franzosen, in einem Hasse gegen Zivilisation und Liberalismus. Nicht wahr, ich bin ein Patriot, denn ich lobe Frankreich?

Es ist eine eigene Sache mit dem Patriotismus, mit der wirklichen Vaterlandsliebe. Man kann sein Vaterland lieben und achtzig Jahr' dabei alt werden, und es nie gewußt haben; aber man muß dann auch zu Hause geblieben sein. Das Wesen des Frühlings erkennt man erst im Winter, und hinter dem Ofen dichtet man die besten Mailieder. Die Freiheitsliebe ist eine Kerkerblume, und erst im Gefängnisse fühlt man den Wert der Freiheit. So beginnt die deutsche Vaterlandsliebe erst an der deutschen Grenze, vornehmlich aber beim Anblick deutschen Unglücks in der Fremde. In einem Buche, welches mir eben zur Hand liegt und die Briefe einer verstorbenen Freundin enthält, erschütterte mich gestern die Stelle, wo sie in der Fremde den Eindruck beschreibt, den der Anblick ihrer Landsleute im Kriege 1813 in ihr hervorbrachte. Ich will die lieben Worte hierher setzen:

»Den ganzen Morgen hab' ich häufige, bittere Tränen der Rührung und Kränkung geweint! O, ich habe es nie gewußt, daß ich mein Land so liebe! Wie einer, der durch Physik den Wert des Blutes etwa nicht kennt; – wenn man's ihm abzieht, wird er doch hinstürzen.«

Das ist es. Deutschland, das sind wir selber. Und darum wurde ich plötzlich so matt und krank beim Anblick jener Auswanderer, jener großen Blutströme, die aus den Wunden des Vaterlandes rinnen und sich in den afrikanischen Sand verlieren. Das ist es; es war wie ein leiblicher Verlust, und ich fühlte in der Seele einen fast physischen Schmerz. Vergebens beschwichtigte ich mich mit vernünftigen Gründen: Afrika ist auch ein gutes Land, und die Schlangen dort züngeln nicht viel von christlicher Liebe, und die Affen dort sind nicht so widerwärtig wie die deutschen Affen – und zur Zerstreuung summte ich mir ein Lied vor. Zufällig aber war es das alte Lied von Schubart:

> Wir sollen über Land und Meer
> Ins heiße Afrika.
>
> An Deutschlands Grenzen füllen wir
> Mit Erde noch die Hand,
> Und küssen sie – das sei dein Dank
> Für Schirmung, Pflege, Speis' und Trank,
> Du liebes Vaterland!«

Nur diese Worte des Liedes, das ich in meiner Kindheit gehört, blieben immer in meinem Gedächtnis, und sie traten mir jedesmal in den Sinn, wenn ich an Deutschlands Grenze kam. Von dem Verfasser weiß ich auch nur wenig, außer daß er ein armer deutscher Dichter war, und den größten Teil seines Lebens auf der Festung saß und die Freiheit liebte. Er ist nun tot und längst vermodert, aber sein Lied lebt noch; denn das Wort kann man nicht auf die Festung setzen und vermodern lassen.

Ich versichere euch, ich bin kein Patriot, und wenn ich an jenem Tage geweint habe, so geschah es wegen des kleinen Mädchens. Es war schon gegen Abend, und ein kleines deutsches Mädchen, welches ich vorher schon unter den Auswanderern bemerkt, stand allein am Strande, wie versunken in Gedanken, und schaute hinaus ins weite Meer. Die Kleine mochte wohl acht Jahr' alt sein, trug zwei niedlich geflochtene Haarzöpfchen, ein schwäbisch kurzes Röckchen von wohlgestreiftem Flanell, hatte ein bleich kränkelndes Gesichtchen, groß ernsthafte Augen, und mit weich besorgter, jedoch zugleich neugieriger Stimme frug sie mich, ob das das Weltmeer ist. –

Bis tief in die Nacht stand ich am Meer und weinte. Ich schäme mich nicht dieser Tränen. Auch Achilles weinte am Meer, und die silberfüßige Mutter mußte aus den Wellen emporsteigen, um ihn zu trösten. Auch ich hörte eine Stimme im Wasser, aber minder trostreich, vielmehr aufweckend, gebietend, und doch grundweise. Denn das Meer weiß alles, die Sterne vertrauen ihm des Nachts die verborgensten Rätsel des Himmels, in seiner Tiefe liegen mit den fabelhaft versunkenen Reichen auch die uralten, längst verschollenen Sagen der Erde, an allen Küsten lauscht es mit tausend neugierigen Wellenohren, und die Flüsse, die zu ihm hinabströmen, bringen ihm alle Nachrichten, die sie in den entferntesten Binnenlanden erkundet oder gar aus dem Geschwätze der kleinen Bäche und Bergquellen erhorcht haben. – Wenn einem aber das Meer seine Geheimnisse offenbart und einem das große Welterlösungswort ins Herz geflüstert, dann ade, Ruhe! Ade, stille Träume! Ade, Novellen und Komödien, die ich schon so hübsch begonnen, und die nun schwerlich so bald fortgesetzt werden!

Die goldenen Engelsfarben sind seitdem auf meiner Palette fast eingetrocknet, und flüssig blieb darauf nur ein schreiendes Rot, das wie Blut aussieht, und womit man nur rote Löwen malt. Ja, mein nächstes Buch wird wohl ganz und gar ein roter Löwe werden, welches ein verehrungswürdiges Publikum nach obigem Geständnisse gefälligst entschuldigen möge. –

Paris, den 17. Oktober 1833

Heinrich Heine

Über den Denunzianten

Vorwort zum dritten Teile des »Salon«
(1837)

Ich habe diesem Buche einige sehr unerfreuliche Bemerkungen voranzuschicken, und vielmehr über das, was es nicht enthält, als über den Inhalt selbst mich auszusprechen. Was letzteren betrifft, so steht zu berichten, daß ich von den »Florentinischen Nächten« die Fortsetzung, worin mancherlei Tagesinteressen ihr Echo fanden, nicht mitteilen konnte. Die »Elementargeister« sind nur die deutsche Bearbeitung eines Kapitels aus meinem Buche »*De l'Alemagne*«; alles, was ins Gebiet der Politik und der Staatsreligion hinüberspielte, ward gewissenhaft ausgemerzt, und nichts blieb übrig, als eine Reihe harmloser Märchen, die, gleich den Novellen des Decamerone, dazu dienen könnten, jene pestikenzielle Wirklichkeit, die uns dermalen umgibt, für einige Stunden zu vergessen. Das Gedicht, welches am Schlusse des Buches,[5] , habe ich selber verfaßt, und ich denke, es wird meinen Feinden viel Vergnügen machen; ich habe kein besseres geben können. Die Zeit der Gedichte ist überhaupt bei mir zu Ende, ich kann wahrhaftig kein gutes Gedicht mehr zutage fördern, und die Kleindichter in Schwaben, statt mir zu grollen, sollten sie mich vielmehr brüderlichst in ihrer Schule aufnehmen ... Das wird auch wohl das Ende des Spaßes sein, daß ich in der schwäbischen Dichterschule, mit Fallhütchen auf dem Kopf, neben den andern auf das kleine Bänkchen zu sitzen komme und das schöne Wetter besinge, die Frühlingssonne, die Maienwonne, die Gelbveiglein und die Quetschenbäume. Ich hatte längst eingesehen, daß es mit den Versen nicht mehr recht vorwärts ging, und deshalb verlege ich mich auf gute Prosa. Da man aber in der Prosa nicht ausreicht mit dem schönen Wetter, Frühlingssonne, Maienwonne, Gelbveiglein und Quetschenbäume, so mußte ich auch für die neue Form einen neuen Stoff suchen; dadurch geriet ich auf die unglückliche Idee, mich mit Ideen zu beschäftigen, und

---

[5] Das Tannhäuserlied, abgedruckt in den »Neuen Geschichten«. Der Herausgeber.

ich dachte nach über die innere Bedeutung der Erscheinungen, über die letzten Gründe der Dinge, über die Bestimmung des Menschengeschlechts, über die Mittel, wie man die Leute besser und glücklicher machen kann, usw. Die Begeisterung, die ich von Natur für diese Stoffe empfand, erleichterte mir ihre Behandlung, und ich konnte bald in einer äußerst schönen, vortrefflichen Prosa meine Gedanken darstellen ... Aber ach! Als ich es endlich im Schreiben so weit gebracht hatte, da ward mir das Schreiben selber verboten. Ihr kennt den Bundestagsbefehl vom Dezember 1835, wodurch meine ganze Schriftstellerei mit dem Interdikte belegt ward. Ich weinte wie ein Kind! Ich hatte mir so viel Mühe gegeben mit der deutschen Sprache, mit dem Akkusativ und Dativ, ich wußte die Worte so schön aneinander zu reihen, wie Perl an Perl, ich fand schon Vergnügungen an dieser Beschäftigung, sie verkürzte mir die langen Winterabende des Exils, ja, wenn ich deutsch schrieb, so konnte ich mir einbilden, ich sei in der Heimat bei der Mutter ... Und nun ward mir das Schreiben verboten! Ich war sehr weich gestimmte, als ich an den Bundestag jene Bittschrift schrieb, die ihr ebenfalls kennt, und die von manchem unter euch als gar zu untertänig getadelt worden. Meine Konsulenten, deren Responsa ich bei diesem Ereignisse einholte, waren alle der Meinung, ich müßte ein groß Spektakel erheben, große Memoiren anfertigen, darin beweisen: »daß hier ein Eingriff in Eigentumsrechte stattfände, daß man mir nur durch richterlichen Urteilsspruch die Ausbeutung meiner Besitztümer, meiner schriftstellerischen Fähigkeiten, untersagen könne, daß der Bundestag kein Gerichtshof und zu richterlichen Erkenntnissen nicht befugt sei, daß ich protestieren, künftigen Schadenersatz verlangen, kurz Spektakel machen müsse.« Zu dergleichen fühlte ich mich aber keineswegs aufgelegt, ich hege die größte Abneigung gegen alle deklamatorische Rechthaberei, und ich kannte zu gut den Grund der Dinge, um durch die Dinge selbst aufgebracht zu sein. Ich wußte im Herzen, daß es durchaus nicht darauf abgesehen war, durch jenes Interdikt mich persönlich zu kränken; ich wußte, daß der Bundestag, nur die Beruhigung Deutschlands beabsichtigend, aus bester Vorsorge für das Gesamtwohl gegen den einzelnen mit Härte verfuhr; ich wußte, daß es der schnödesten Angeberei gelungen war, einige Mitglieder der erlauchten Versammlung, handelnde Staatsmänner, die sich in der Lektüre meiner neueren Schriften gewiß wenig beschäftigen konnten, über den Inhalt derselben irre zu leiten und ihnen glauben zu machen, ich sei das Haupt meiner Schule, welche sich zum Sturze aller bürgerlichen und moralischen Institutionen verschworen habe ... Und in diesem Bewußtsein schrieb ich nicht eine Protestation, sondern eine Bittschrift an den Bundestag, worin ich, weit entfernt, seine oberrichterlichen Befugnisse in Abrede zu stellen, den betrübsamen Beschluß als ein Kontumazialurteil betrachtete, und, auf alten Präzedenzien fußend, demütigst bat, mich gegen die im Beschlusse angeführten Beschuldigungen vor den Schranken der erlauchten Versammlung verteidigen zu dürfen. Von der Gefährdung meiner pekuniären Interessen tat ich keine Erwähnung. Eine gewisse Scham hielt mich davon ab. Nichtsdestoweniger haben viele edle Menschen in Deutschland, wie ich aus manchen errötenden Stellen ihrer Trostbriefe ersah, aufs tiefste gefühlt, was ich verschwieg. Und in der Tat, wenn es schon hinlänglich betrübsam ist, daß ich, ein Dichter Deutschlands, fern vom Vaterlande, im Exile leben muß, so wird es gewiß jeden fühlenden Menschen doppelt schmerzen, daß ich jetzt noch obendrein meines literarischen Vermögens beraubt werde, meines geringen Poetenvermögens, das mich in der Fremde wenigstens gegen physisches Elend schützen konnte.

Ich sage dieses mit Kummer, aber nicht mit Unmut. Denn wen sollte ich anklagen? Nicht die Fürsten; denn, ein Anhänger des monarchischen Prinzips, ein Bekenner der Heiligkeit des Königtums, wie ich mich seit der Juliusrevolution, trotz dem bedenklichsten Gebrülle meiner Umgebung, gezeigt habe, möchte ich wahrlich nicht mit meinen besonderen Beklagnissen dem verwerflichen Jakobinismus einigen Vorschub leisten. Auch nicht die Räte der Fürsten kann ich anklagen; denn, wie ich aus den sichersten Quellen erfahren, haben viele der höchsten Staatsmänner den exzeptionellen Zustand, worin man mich versetzt, mit würdiger Teilnahme bedauert und baldigste Abhilfe versprochen; ja, ich weiß es, nur wegen der Langsamkeit des Geschäftsganges ist diese Abhilfe noch nicht gesetzlich an den Tag getreten, und vielleicht, während ich diese Zeilen schreibe, wird dergleichen in Deutschland zu meinen Gunsten promulgiert. Selbst entschiedenste Gegner unter den deutschen Staatsmännern haben mir wissen lassen, daß die Strenge des erwähnten Bundestagsbeschlusses nicht den ganzen Schriftsteller treffen sollte, sondern nur den politischen und religiösen Teil desselben, der poetische Teil desselben dürfe sich unverhindert aussprechen in Gedichten, Dramen, Novellen, in jenen schönen Spielen der Phantasie, für welche ich so viel Genie besitze ... Ich könnte fast auf den Gedanken geraten, man wolle mir einen Dienst leisten und mich zwingen, meine Talente nicht für undankbare Themata zu vergeuden ... In der Tat, sie waren sehr undankbar, haben mir nichts als Verdruß und Verfolgungen zugezogen ... Gottlob! ich werde mit Gendarmen auf den besseren Weg geleitet, und bald werde ich bei euch sein, ihr Kinder der schwäbischen Schule, und wenn ich nicht auf der Reise den Schnupfen bekomme, so sollt ihr euch freuen, wie fein meine Stimme, wenn ich mit euch das schöne Wetter besinge, die Frühlingssonne, die Maienwonne, die Gelbveiglein, die Quetschenbäume.

Dieses Buch diene schon als Beweis meines Fortschreitens nach hinten. Auch hoffe ich, die Herausgabe desselben wird weder oben noch unten zu meinem Nachteile mißdeutet werden. Das Manuskript war zum größten Teile schon seit einem Jahre in den Händen meines Buchhändlers, ich hatte schon seit anderthalb Jahren mit demselben über die Herausgabe stipuliert, und es war mir nicht möglich, diese zu unterlassen.

Ich werde zu einer andern Zeit mich ausführlicher über diesen Umstand aussprechen, er steht nämlich in einiger Verbindung mit jenen Gegenständen, die meine Feder nicht berühren soll. Dieselbe Rücksicht verhindert mich, mit klaren Worten das Gespinnste von Verleumdungen zu beleuchten, womit es einer in den Annalen deutscher Literatur unerhörten Angeberei gelungen ist, meine Meinungen als staatsgefährlich zu denunzieren und das erwähnte Interdikt gegen mich zu veranlassen. Wie und in welcher Weise dieses geschehen, ist notorisch, auch ist der Denunziant, der literarische Mouchard, schon längst der öffentlichen Verachtung verfallen; es ist purer Luxus, wenn nach so viel' edlen Stimmen des Unwillens auch ich noch hinzutrete, um über das klägliche Haupt des Herrn Wolfgang Menzel in Stuttgart die Ehrlosigkeit, die Infamia, auszusprechen. Nie hat deutsche Jugend einen ärmeren Sünder mit witzigeren Ruten gestrichen und mit glühenderem Hohne gebrandmarkt! Er dauert mich wahrlich, der Unglückliche, dem die Natur ein kleines Talent und Cotta ein großes Blatt anvertraut hatte, und der beides so schmutzig, so miserabel mißbrauchte!

Ich lasse es dahingestellt sein, ob es das Talent oder das Blatt war, wodurch die Stimme des Herrn Menzel so weitreichend gewesen, daß seine Denunziation so betrübsam wirken konnte, daß beschäftigte Staatsmänner, die eher Literaturblätter als Bücher lesen, ihm aufs Wort glaubten. So viel weiß ich, sein Wort mußte um so lauter erschallen, je ängstlichere Stille damals in Deutschland herrschte ... Die Stimmführer der Bewegungspartei hielten sich in einem klugen Schweigen versteckt oder saßen in wohlvergittertem Gewahrsam und harrten ihres Urteils, vielleicht des Todesurteils ... Höchstens hörte man manchmal das Schluchzen einer Mutter, deren Kind in Frankfurt die Konstablerwache mit dem Bajonette eingenommen hatte und nicht mehr hinaus konnte, ein Staatsverbrechen, welches gewiß ebenso unbesonnen wie strafwürdig war und den feinöhrigsten Argwohn der Regierungen überall rechtfertigte ... Herr Menzel hatte sehr gut seine Zeit gewählt zur Denunziation jener großen Verschwörung, die unter dem Namen »Das junge Deutschland« gegen Thron und Altar gerichtet ist und in dem Schreiber dieser Blätter ihr gefährlichstes Oberhaupt verehrt.

Sonderbar! Und immer ist es die Religion, und immer die Moral, und immer der Patriotismus, womit alle schlechten Subjekte ihre Angriffe beschönigen! Sie greifen uns an, nicht aus schäbigen Privatinteressen, nicht aus Schriftstellerneid, nicht aus angebornem Knechtsinn, sondern um den lieben Gott, um die guten Sitten und das Vaterland zu retten. Herr Menzel, welcher jahrelang, während er mit Herrn Gutzkow befreundet war, mit kummervollem Stillschweigen zugesehen, wie die Religion in Lebensgefahr schwebte, gelangt plötzlich zur Erkenntnis, daß das Christentum rettungslos verloren sei, wenn er nicht schleunigst das Schwert ergreift und dem Gutzkow von hinten ins Herz stößt. Um das Christentum selber zu retten, muß er freilich ein bißchen unchristlich handeln; doch die Engel im Himmel und die Frommen auf der Erde werden ihm die kleinen Verleumdungen und sonstigen Hausmittelchen, die der Zweck heiligt, gern zugute halten.

Wenn einst das Christentum wirklich zugrunde ginge (vor welchem Unglück uns die ewigen Götter bewahren wollen!), so würden es wahrlich nicht seine Gegner sein, denen man die Schuld davon zuschreiben müßte. Auf jeden Fall hat sich unser Herr und Heiland, Jesus Christus, nicht bei Herrn Menzel und dessen bayrischen Kreuzbrüdern zu bedanken, wenn seine Kirche auf ihrem Felsen stehen bleibt! Und ist Herr Menzel wirklich ein guter Christ, ein besserer Christ als Gutzkow und das sonstige junge Deutschland? Glaubt er alles, was in der Bibel steht? Hat er immer die Lehren des Bergpredigers strenge befolgt? Hat er immer seinen Feinden verziehen, nämlich allen denen, die in der Literatur eine glänzendere Rolle spielten als er? Hat Herr Menzel seine linke Wange sanftmütig hingehalten, als ihm der Buchhändler Frankh auf die rechte Wange eine Ohrfeige oder schwäbisch zu sprechen, eine Maulschelle gegeben? Hat Herr Menzel Witwen und Waisen immer gut rezensiert? War er jemals ehrlich, war sein Wort immer Ja oder Nein? Wahrlich nein, nächst einer geladenen Pistole hat Herr Menzel nie etwas mehr gescheut als die Ehrlichkeit der Rede, er war immer ein zweideutiger Duckmäuser, halb Hase, halb Wetterfahne, grob und windig zu gleicher Zeit, wie ein Polizeidiener. Hätte er in jenen ersten Jahrhunderten gelebt, wo einst Christ mit seinem Blute Zeugnis geben mußte für die Wahrheit des Evangeliums, da wäre er wahrlich nicht als Verteidiger desselben aufgetreten, sondern vielmehr als der Ankläger derer, die sich zum Christentume bekannten, und die man damals des Atheismus und der Immoralität beschuldigte. Wohnte Herr Menzel in Peking statt in Stuttgart, so schriebe er jetzt vielleicht lange delatorische Artikel gegen »das junge China«, welches, wie aus den jüngsten Dekreten der chinesischen Regierung hervorgeht, eine Rotte von Bösewichtern zu sein scheint, die durch Schrift und Wort das Christentum verbreiten, und deshalb von den Mandarinen des himmlischen Reiches für die gefährlichsten Feinde der bürgerlichen Ordnung und der Moral erklärt werden.

Ja, nächst der Religion ist es die Moral, für deren Untergang Herr Menzel zittert. Ist er vielleicht wirklich so tugendhaft, der unerbittliche Sittenwart von Stuttgart? Eine gewisse physische Moralität will ich Herrn Menzel keineswegs absprechen. Es ist schwer, in Stuttgart nicht moralisch zu sein. In Paris ist es schon leichter, das weiß Gott! Es ist eine eigne Sache mit dem Laster. Die Tugend kann jeder allein üben, er hat niemand dazu nötig als sich selber; zu dem Laster aber gehören immer Zwei. Auch wird Herr Menzel von seinem Äußern aufs glänzendste unterstützt, wenn er das Laster fliehen will. Ich habe eine zu vorteilhafte Meinung von dem guten

Geschmacke des Lasters, als daß ich glauben dürfte, es würde jemals einem Menzel nachlaufen. Der arme Goethe war nicht so glücklich begabt, und es war ihm nicht vergönnt, immer tugendhaft zu bleiben. Die schwäbische Schule sollte ihrem nächsten Musenalmanach das Bildnis des Herrn Menzel voransetzen; es wäre sehr belehrsam. Das Publikum würde gleich bemerken: er sieht gar nicht aus wie Goethe. Und mit noch größerer Verwunderung würde man bemerken: dieser Held des Deutschtums, dieser Vorkämpe des Germanismus, sieht gar nicht aus wie ein Deutscher, sondern wie ein Mongole ... jeder Backenknochen ein Kalmuck!

Dieses ist nun freilich verdrießlich für einen Mann, der beständig auf Nationalität pocht, gegen alles Fremdländische unaufhörlich loszieht und unter lauter Teutomanen lebt, die ihn nur als einen nützlichen Verbündeten, jedoch keineswegs als einen reinen Stammgenossen betrachten. Wir aber sind keine altdeutsche Racenmäkler, wir betrachten die ganze Menschheit als eine große Familie, deren Mitglieder ihren Wert nicht durch Hautfarbe und Knochenbau, sondern durch die Triebe ihrer Seele, durch ihre Handlungen offenbaren. Ich würde gern, wenn es Herrn Menzel Vergnügen machte, ihm zugestehen, daß er ein makelloser Abkömmling Teut's, wo nicht gar ein legitimer Enkel Hermann's und Thusneldens sei, wenn nur sein Inneres, sein Charakter, seine Handlungen eine solche Annahme rechtfertigen könnten: aber diese widersprechen seinem Germanentume noch weit bedenklicher als sein Gesicht.

Die erste Tugend der Germanen ist eine gewisse Treue, eine gewisse schwerfällige, aber rührend großmütige Treue. Der Deutsche schlägt sich selbst für die schlechteste Sache, wenn er einmal Handgeld empfangen, oder auch nur im Rausche seinen Beistand versprochen; er schlägt sich alsdann mit seufzendem Herzen, aber er schlägt sich; wie auch die bessere Überzeugung in seiner Brust murre, er kann sich doch nicht entschließen, die Fahne zu verlassen, und er verläßt sie am allerwenigsten, wenn seine Partei in Gefahr oder vielleicht gar von feindlicher Übermacht umzingelt ist ... Daß er alsdann zu den Gegnern überliefe ist weder dem deutschen Charakter angemessen, noch dem Charakter irgendeines anderen Volkes ... Aber in diesem Falle noch gar als Denunziant zu agieren, das kann nur ein Schurke.

Und auch eine gewisse Scham liegt im Wesen der Germanen; gegen den Schwächeren oder Wehrlosen wird er nimmermehr das Schwert ziehen, und den Feind, der gebunden und geknebelt zu Boden liegt, wird er nicht antasten, bis derselbe seiner Bande entledigt und wieder auf freien Füßen steht. Herr Menzel aber schwang seinen Flamberg am liebsten gegen Weiber, er hat sie zu Dutzenden niedergesäbelt, die deutschen Schriftstellerinnen, arme Wesen, die, um Brot für ihre Kinder zu erwerben, zur Feder gegriffen und der rohen öffentlichen Verspottung nichts als heimliche Tränen entgegensetzen konnten! Er hat gewiß uns Männern einen wichtigen Dienst geleistet, indem er uns von der Konkurrenz der weiblichen Schriftsteller befreite, er hat vielleicht auch der Literatur dadurch genützt, aber ich möchte in einem solchen Feldzuge meine Sporen nimmermehr erworben haben. Auch gegen Herrn Gutzkow, und wäre Gutzkow ein Vatermörder gewesen, hätte ich nicht meine Philippika donnern mögen, während er im Kerker lag oder gar vor Gericht stand. Und ich bin weit davon entfernt, auf alle germanischen Tugenden Anspruch zu machen, vielleicht am wenigsten auf eine gewisse Ehrlichkeit, die ebenfalls als ein besonderes Kennzeichen des Germanentums zu betrachten ist. Ich habe manchem Thoren ins Gesicht gesagt, er sei ein Weiser, aber ich tat es aus Höflichkeit. Ich habe manchen Verständigen einen Esel gescholten, aber ich tat es aus Haß. Niemals habe ich mich der Zweideutigkeit beflissen, ängstlich die Ereignisse abwartend, in der Politik wie im Privatleben, und gar niemals lag meinen Worten ein erbärmlicher Eigennutz zum Grunde. Von der Menzel'schen Politik in der Politik darf ich hier nicht reden, wegen der Politik. Übrigens ist das öffentliche Leben des Herrn Menzel sattsam bekannt, und jeder weiß, daß sein Betragen als württembergischer Deputierter ebenso heuchlerisch wie lächerlich. Über sein Privatschelmenleben kann ich, schon wegen Mangel an Raum, ebenfalls nicht reden. Auch seiner literarischen Gaunerstreiche will ich hier nicht erwähnen; es wäre zu langweilig, wenn ich ausführlich zeigen müßte, wie Herr Menzel, der ehrliche Mann, von den Autoren, die er kritisiert, ganz andere Dinge zitiert, als in ihren Büchern stehen, wie er, statt der Originalworte, lauter sinnverfälschende Synonyme liefert usw. Nur die kleine humoristische Anekdote, wie nämlich Herr Menzel dem alten Baron Cotta seine »Deutsche Literatur« zum Verlag anbot, kann ich des Spaßes wegen nicht unerwähnt lasen. Das Manuskript dieses Buches enthielt am Schlusse die großartigsten Lobsprüche auf Cotta, die jedoch keineswegs denselben verleiteten, das geforderte Honorar dafür zu bewilligen. Es schmeichelte aber immerhin den seligen Baron, sich mal recht tüchtig gelobt zu sehen, und als bald darauf das Buch bei Gebrüder Frankh herauskam, sprach er freudig zu seinem Sohne: »Georg, lies das Buch, darin wird mein Verdienst anerkannt, darin werde ich mal nach Gebühr gelobt!« Georg aber fand, daß in dem Buche alle Lobsprüche ausgestrichen und im Gegenteil die derbsten Seitenhiebe auf seinen Vater eingeschaltet worden. Der Alte war zum Küssen liebenswürdig, wenn er diese Anekdote erzählte.

Und noch eine Tugend gibt es bei den Germanen, die wir bei Herrn Menzel vermissen: die Tapferkeit. Herr Menzel ist feige. Ich sage dieses beileibe nicht, um ihn als Mensch herabzuwürdigen; man kann ein guter Bürger sein, und doch den Tabaksrauch mehr lieben als den Pulverdampf, und gegen bleierne Kugeln eine größere Abneigung empfinden als gegen schwäbische Mehlklöße; denn letztere können zwar schwer im Magen lasten, sind aber lange nicht so unverdaulich. Auch ist Morden eine Sünde, und gar das Duell! wird es nicht aufs bestimmteste verboten durch die Religion, durch die Moral und durch die Philosophie? Aber will man beständig mit deutscher Nationalität bramarbasieren, will man für einen Helden des Deutschtums gelten, so muß man tapfer sein, so muß man sich schlagen, sobald ein beleidigter Ehrenmann Genugtuung fordert, so muß man mit dem Leben einstehen für das Wort, das man gesprochen. Das tapferste Volk sind die Deutschen. Auch andere Völker schlagen sich gut, aber ihre Schlachtlust wird immer unterstützt durch allerlei Nebengründe. Der Franzose schlägt sich gut, wenn sehr viele Zuschauer dabei sind, oder irgendeine seiner Lieblingsmarotten, z.B. Freiheit und Gleichheit, Ruhm und dergleichen mehr auf dem Spiele steht. Die Russen haben sich gegen die Franzosen sehr gut geschlagen, weil ihre Generäle ihnen versicherten, daß diejenigen unter ihnen, welche auf deutschem oder französischem Boden fielen, unverzüglich hinten in Rußland wieder auferstünden; und um geschwind wieder nach Hause zu kommen, nach Juchtenheim, stürzten sie sich mutig in die französischen Bajonette; es ist nicht wahr, daß damals bloß der Stock und der Branntwein sie begeistert habe. Die Deutschen aber sind tapfer ohne Nebengedanken, sie schlagen sich, um sich zu schlagen, wie sie trinken, um zu trinken. Der deutsche Soldat wird weder durch Eitelkeit noch durch Ruhmsucht, noch durch Unkenntnis der Gefahr in die Schlacht getrieben, er stellt sich ruhig in Reih' und Glied und tut seine Pflicht, – kalt, unerschrocken, zuverlässig. Ich spreche hier von der rohen Masse, nicht von der Elite der Nation, die auf den Universitäten, jenen hohen Schulen der Ehre, wenn auch selten in der Wissenschaft, doch desto öfter in den Gefühlen der Manneswürde die feinste Ausbildung erlangt hat. Ich habe fast sieben Jahre studierenshalber auf deutschen Universitäten zugebracht, und deutsche Schlaglust wurde für mich ein so gewöhnliches Schauspiel, daß ich an Feigheit kaum mehr glaubte. Diese Schlaglust fand ich besonders bei meinen speziellen Landsleuten, den Westfalen, die von Herzen die gutmütigsten Kinder, aber bei vorfallenden Mißverständnissen, den langen Wortwechsel nicht liebend, gewöhnlich geneigt sind, den Streit auf einem natürlichen, sozusagen freundschaftlichen Wege, nämlich durch die Entscheidung des Schwertes, schleunigst zu beendigen. Deshalb haben die Westfalen auf den Universitäten immer die meisten Duelle. Herr Menzel aber ist kein Westfale, ist kein Deutscher, Herr Menzel ist eine Memme. Als er mit den frechsten Worten die bürgerliche Ehre des Herrn Gutzkow angetastet, die persönlichsten Verleumdungen gegen denselben losgeifert, und der Beleidigte nach Sitte und Brauch deutscher Jugend die geziemende Genugtuung forderte: da griff der germanische Held zu der kläglichen Ausflucht, daß dem Herrn Gutzkow ja die Feder zu Gebote stände, daß er ja ebenfalls gegen ihn drucken lassen könne, was ihm beliebe, daß er ihm nicht im stillen Wald mit materiellen Waffen, sondern öffentlich, auf dem Streitplatze der Journalistik, mit geistigen Waffen die geforderte Genugtuung geben werde ... Und der germanische Held zog es vor, in seinem Klatschblatte, wie ein altes Weib zu keifen, statt auf der Wohlstätte der Ehre wie ein Mann sich zu schlagen.

Es ist betrübsam, es ist jammervoll, aber dennoch wahr, Herr Menzel ist feige. Ich sage es mit Wehmut, aber es ist für höhere Interessen notwendig, daß ich es öffentlich ausspreche: Herr Menzel ist feige. Ich bin davon überzeugt. Will Herr Menzel mich vom Gegenteile überzeugen, so will ich ihm gerne auf halbem Wege entgegenkommen. Oder wird er auch mir anbieten, mittelst der Druckerpresse, durch Journale und Broschüren, mich gegen die Insinuationen zu verteidigen, die er seiner ersten Denunziation zum Grunde gelegt, die er seitdem noch fortgesetzt, und die er jetzt gewiß noch verdoppeln wird? Diese Ausflucht konnte damals gegen Herrn Gutzkow angewendet werden; denn damals war das bekannte Dekret des Bundestags noch nicht erschienen, und Herr Gutzkow ward auch seitdem von der Schwere desselben nicht so sehr niedergehalten wie ich. Auch waren in der Polemik desselben, da er Privatverleumdungen, Angriffe auf die Person, abzuwehren hatte, die Persönlichkeiten vorherrschend. Ich aber hätte mehr die Verleumdung meines Geistes, meiner Gefühl- und Denkweise zu besprechen, und ich könnte mich nicht verteidigen, ohne meine Ansichten von Religion und Moral unumwunden darzustellen; nur durch positive Bekenntnisse kann ich mich von den angeschuldigten Negationen, Atheismus und Immoralität, vollständigst reinigen. Und ihr wißt, wie beschränkt das Feld ist, das jetzt meine Feder beackern darf.

Wie gesagt, Herr Menzel hat mich nicht persönlich angegriffen, und ich habe wahrlich gegen ihn keinen persönlichen Groll. Wir waren sogar ehemals gute Freunde, und er hat mich oft genug wissen lassen, wie sehr er mich liebe. Er hat mir nie vorgeworfen, daß ich ein schlechter Dichter sei, und auch ich habe ihn gelobt. Ich hatte meine Freude an ihm und ich lobte ihn in einem Journale, welches dieses Lob nicht lange überlebte.[6] Ich war damals ein kleiner Junge, und mein größter Spaß bestand darin, daß ich Flöhe unter ein Mikroskop setzte und die Größe derselben den Leuten demonstrierte. Herr Menzel hingegen setzte damals den Goethe unter ein Verkleinerungsglas, und das machte mir ebenfalls ein kindisches Vergnügen. Die Späße des Herrn Menzel mißfielen mir nicht; er war damals witzig, und ohne just einen Hauptgedanken zu haben, eine Synthese, konnte er seine Einfälle sehr pfiffig kombinieren und gruppieren, daß es manchmal aussah, als habe er keine losen Streckverse, sondern ein Buch geschrieben. Er hatte auch einige wirkliche Verdienste um die deutsche Literatur; er stand von Morgen bis Abend im Kote, mit dem Besen in der Hand, und fegte den Unrat, der sich in der deutschen Literatur angesammelt hatte.

---

[6] Vgl. den Aufsatz über W. Menzel's »Deutsche Literatur« in diesem Bande. Der Herausgeber.

Durch dieses unreinliche Tagwerk aber ist er selber so schmierig und anrüchig geworden, daß man am Ende seine Nähe nicht mehr ertragen konnte; wie man den Latrinenfeger zur Türe hinausweist, wenn sein Geschäft vollbracht, so wird Herr Menzel jetzt selber zur Literatur hinausgewiesen. Zum Unglück für ihn hat das mistduftige Geschäft so völlig seine Zeit verschlungen, daß er unterdessen gar nichts neues gelernt hat. Was soll er jetzt beginnen? Sein früheres Wissen war kaum hinreichend für den literarischen Hausbedarf; seine Unwissenheit war immer eine Zielscheibe der Moquerie für seine näheren Bekannten; nur seine Frau hatte eine große Meinung von seiner Gelehrsamkeit. Auch imponierte er ihr nicht wenig! Der Mangel an Kenntnissen und das Bedürfnis, diesen Mangel zu verbergen, hat vielleicht die meisten Irrtümer oder Schelmereien des Herrn Menzel hervorgebracht. Hätte er Griechisch verstanden, so würde es ihm nie in den Sinn gekommen sein, gegen Goethe aufzutreten. Zum Unglück war auch das Lateinische nicht seine Sache, und er mußte sich mehr ans Germanische halten, und täglich stieg seine Neigung für die Dichter des deutschen Mittelalters, für die edle Turnkunst und für Jacob Böhm, dessen deutscher Stil sehr schwer zu verstehen ist, und den er auch in wissenschaftlicher Form herausgeben wollte.

Ich sage dieses nur, um die Keime und Ursprünge seiner Teutomanie nachzuweisen, nicht um ihn zu kränken; wie ich denn überhaupt, was ich wiederholen muß, nicht aus Groll oder Böswilligkeit ihn bespreche. Sind meine Worte hart, so ist es nicht meine Schuld. Es gilt dem Publikum zu zeigen, welche Bewandtnis es hat mit jenem bramarbasierenden Helden der Nationalität, jenem Wächter des Deutschtums, der beständig auf die Franzosen schimpft und uns arme Schriftsteller des jungen Deutschlands für lauter Franzosen und Juden erklärt hat. Für Juden, das hätte nichts zu bedeuten; wir suchen nicht die Alliance des gemeinen Pöbels, und der Höhergebildete weiß wohl, daß Leute, die man als Gegner des Deismus anklagte, keine Sympathie für die Synagoge hegen konnten; man wendet sich nicht an die überwelken Reize der Mutter, wenn einem die alternde Tochter nicht mehr behagt. Daß man uns aber als die Feinde Deutschlands, die das Vaterland an Frankreich verrieten, darstellen wolle, das war wieder ein ebenso feiges wie hinterlistiges Bubenstück.

Es sind vielleicht einige ehrliche Franzosenhasser unter dieser Meute, die uns ob unserer Sympathie für Frankreich so erbärmlich verkennen und so aberwitzig anklagen. Andere sind alte Rüden, die noch immer bellen wie Anno 1813, und deren Gekläffe eben von unserem Fortschritt zeugt. »Der Hund bellt, die Karawane marschiert«, sagt der Beduine. Sie bellen weniger aus Bosheit, denn aus Gewohnheit, wie der alte räudige Hofhund, der ebenfalls jeden Fremden wütend anbelfert, gleichviel, ob dieser Böses oder Gutes im Sinne führt. Die arme Bestie benutzt vielleicht diese Gelegenheit, um an ihrer Kette zu zerren und damit bedrohlich zu klirren, ohne daß es ihr der Hausherr übel nehmen darf. Die meisten aber unter jenen Franzosenhassern sind Schelme, die sich diesen Haß absichtlich angelogen, ungetreue, schamlose, unehrliche, feige Schelme, die, entblößt von allen Tugenden des deutschen Volkes, sich mit den Fehlern desselben bekleiden, um sich den Anschein des Patriotismus zu geben und in diesem Gewande die wahren Freunde des Vaterlandes gefahrlos schmähen zu dürfen. Es ist ein doppelt falsches Spiel. Die Erinnerungen der napoleonischen Kaiserzeit sind noch nicht ganz erloschen in unserer Heimat, man hat es dort noch nicht ganz vergessen, wie derb unsere Männer und wie zärtlich unsere Weiber von den Franzosen behandelt worden, und bei der großen Menge ist der Franzosenhaß noch immer gleichbedeutend mit Vaterlandsliebe; durch ein geschicktes Ausbeuten dieses Hasses hat man also wenigstens den Pöbel auf seiner Seite, wenn man gegen junge Schriftsteller zu Felde zieht, die eine Freundschaft zwischen Frankreich und Deutschland zu vermitteln suchen. Freilich, dieser Haß war einst staatsnützlich, als es galt, die Fremdherrschaft zurückzudrängen; jetzt aber ist die Gefahr nicht im Westen, Frankreich bedroht nicht mehr unsere Selbständigkeit, die Franzosen von heute sind nicht mehr die Franzosen von gestern, sogar ihr Charakter ist verändert, an die Stelle der leichtsinnigen Eroberungslust trat ein schwermütiger, beinahe deutscher Ernst, sie verbrüdern sich mit uns im Reiche des Geistes, während im Reiche der Materie ihre Interessen mit den unsrigen sich täglich inniger verzweigen – Frankreich ist jetzt unser natürlicher Bundesgenosse. Wer dieses nicht einsieht, ist ein Dummkopf; wer dieses einsieht und dagegen handelt, ist ein Verräter.

Aber was hatte Herr Menzel zu verlieren bei dem Untergange Deutschlands? Ein geliebtes Vaterland? Wo ein Stock ist, da ist des Sklaven Vaterland. Seinen unsterblichen Ruhm? Dieser erlischt in derselben Stunde, wo der Kontrakt abläuft, der ihm die Redaktion des »Stuttgarter Literaturblatts« zusichert. Ja, will der Baron Cotta eine kleine Geldsumme als stipulierte Entschädigung springen lassen, so hat die Menzel'sche Unsterblichkeit schon heute ein Ende. Oder hätte er etwas für seine Person zu fürchten? Lieber Himmel! wenn die mongolischen Horden nach Stuttgart kommen, läßt Herr Menzel sich aus der Theatergarderobe ein Amorkostüm holen, bewaffnet sich mit Pfeil und Bogen, und die Baschkiren, sobald sie nur sein Gesicht sehen, rufen freudig: »Das ist unser geliebter Bruder!«

Ich habe gesagt, daß bei unseren Teutomanen der affichierte Franzosenhaß ein doppelt falsches Spiel ist. Sie bezwecken dadurch zunächst eine Popularität, die sehr wohlfeil zu erwerben ist, da man dabei weder Verlust des Amtes noch der Freiheit zu befürchten hat. Das Losdonnern gegen heimische Gewalten ist schon weit bedenklicher. Aber um für Volkstribunen zu gelten, müssen unsere Teutomanen manchmal ein freiheitliches Wort gegen die deutschen Regierungen riskieren, und in der frechen Zagheit ihres Herzens bilden sie sich ein, die Regierungen würden ihnen gern gelegentlich ein bißchen Demagogismus verzeihen, wenn sie dafür desto unablässiger den Franzosenhaß predigten. Sie ahnen nicht, daß unsere Fürsten jetzt Frankreich nicht mehr fürchten, des Nationalhasses nicht mehr als Verteidigungsmittel bedürfen, und den König der Franzosen als die sicherste Stütze des monarchischen Prinzips betrachten.

Wer je einen Tag im Exil verbracht hat, die feuchtkalten Tage und schwarzen langen Nächte, wer die harten Treppen der Fremde jemals auf und ab gestiegen, der wird begreifen, weshalb ich die Verdächtigung in betreff des Patriotismus mit wortreicherem Unwillen von mir abweise, als alle anderen Verleumdungen, die seit vielen Jahren in so reichlicher Fülle gegen mich zum Vorschein gekommen, und die ich mit Geduld und Stolz ertrage. Ich sage: mit Stolz; denn ich konnte dadurch auf den hochmütigen Gedanken geraten, daß ich zu der Schar jener Auserwählten des Ruhmes gehörte, deren Andenken im Menschengeschlechte fortlebt, und die überall neben den geheiligten Lichtspuren ihrer Fußstapfen auch die langen, kotigen Schatten der Verleumdung auf Erden zurücklassen.

Auch gegen die Beschuldigung des Atheismus und der Immoralität möchte ich nicht mich, sondern meine Schriften verteidigen. Aber dieses ist nicht ausführbar, ohne daß es mir gestattet wäre, von der Höhe einer Synthese meine Ansichten über Religion und Moral zu entwickeln. Hoffentlich wird mir dieses, wie ich bereits erwähnt habe, bald gestattet sein. Bis dahin erlaube ich mir nur eine Bemerkung zu meinen Gunsten. Die zwei Bücher, die eigentlich als *Corpora delicti* wider mich zeugen sollten, und worin man die strafbaren Tendenzen finden will, deren man mich bezichtigt, sind nicht gedruckt, wie ich sie geschrieben habe, und sind von fremder Hand so verstümmelt worden, daß ich zu einer andern Zeit, wo keine Mißdeutung zu befürchten gewesen wäre, ihre Autorschaft abgelehnt hätte. Ich spreche nämlich vom zweiten Teile des »Salon« und von der »Romantischen Schule«. Durch die großen, unzähligen Ausscheidungen, die darin stattfanden, ist die ursprüngliche Tendenz beider Bücher ganz verloren gegangen, und eine ganz verschiedene Tendenz ließ sich später hineinlegen. Worin jene ursprüngliche Tendenz bestand, sage ich nicht; aber so viel darf ich behaupten, daß es keine unpatriotische war. Namentlich im zweiten Teile des »Salon« enthielten die ausgeschiedenen Stellen eine glänzendere Anerkennung deutscher Volksgröße, als jemals der forcierte Patriotismus unserer Teutomanen zu Markte gebracht hat; in der französischen Ausgabe, im Buche »De l'Allemagne«, findet jeder die Bestätigung des Gesagten. Die französische Ausgabe der inkulpierten Bücher wird auch jeden überzeugen, daß die Tendenzen derselben nicht im Gebiete der Religion und der Moral lagen. Ja, manche Zungen beschuldigen mich der Indifferenz in Betreff aller Religions- und Moralsysteme, und glauben, daß mir jede Doktrin willkommen sei, wenn sie sich nur geeignet zeige, das Völkerglück Europa's zu befördern, oder wenigstens bei der Erkämpfung desselben als Waffe zu dienen. Man tut mir aber Unrecht. Ich würde nie mit der Lüge für die Wahrheit kämpfen.

Was ist Wahrheit? »Holt mir das Waschbecken«, würde Pontius Pilatus sagen.

Ich habe diese Vorblätter in einer sonderbaren Stimmung geschrieben. Ich dachte während dem Schreiben mehr an Deutschland, als an das deutsche Publikum, meine Gedanken schwebten um liebere Gegenstände, als die sind, womit sich meine Feder soeben beschäftigte... ja, ich verlor am Ende ganz und gar die Schreiblust, trat ans Fenster, und betrachtete die weißen Wolken, die eben, wie ein Leichenzug, am nächtlichen Himmel dahinziehen. Eine dieser melancholischen Wolken scheint mir so bekannt und reizt mich unaufhörlich zum Nachsinnen, wann und wo ich dergleichen Luftbildung schon früher einmal gesehen. Ich glaube endlich, es war in Norddeutschland, vor sechs Jahren, kurz nach der Juliusrevolution, an jenem schmerzlichen Abend, wo ich auf immer Abschied nahm von dem treuesten Waffenbruder, von dem uneigennützigsten Freunde der Menschheit. Wohl kannte er das trübe Verhängnis, dem jeder von uns entgegenging. Als er mir zum letzten Male die Hand drückte, hub er die Augen gen Himmel, betrachtete lange jene Wolke, deren kummervolles Ebenbild mich jetzt so trübe stimmt, und wehmütigen Tones sprach er: »Nur die schlechten und die ordinären Naturen finden ihren Gewinn bei einer Revolution. Schlimmstenfalles, wenn sie etwa mißglückt, wissen sie doch immer noch zeitig den Kopf aus der Schlinge zu ziehen. Aber möge die Revolution gelingen oder scheitern, Männer von großem Herzen werden immer ihre Opfer sein.«

Denen, die da leiden im Vaterlande, meinen Gruß!

Geschrieben zu Paris, den 24. Januar 1837

Heinrich Heine

Der Schwabenspiegel

(1838)

Vorbemerkung

Die hier mitgeteilten Blätter wurden im Beginn des Frühlings als Nachrede zum zweiten Teil des »Buchs der Lieder« und mit der Bitte um schleunigsten Abdruck nach Deutschland gesendet. Ich dachte nun, das Buch sei dort längst erschienen, als mir vor ein paar Wochen mein Verleger meldete, in einem süddeutschen Staate, wo er das Manuskript zur Zensur gegeben, habe man ihn während der ganzen Zeit mit dem Imprimatur hingehalten, und er schlüge mir vor, die Nachrede als besonderen Artikel in einer periodischen Publikation vorweg abdrucken zu lassen. Indem ich sie also in solcher Weise dem verehrungswürdigen Leser mitteile, glaube ich, daß er ohne große Anstrengung seines Scharfsinns erraten wird, warum ich seit zweieinhalb Jahren so vielen Schlichen und Ränken begegne, wenn ich jene Denunziatoren besprechen will, die ihrerseits ganz ohne alle Zensur- und Redaktionsbeschränkung den größten Teil der deutschen Pressen mißbrauchen dürfen. –

Paris, im Spätherbst 1838

Heinrich Heine

Nach Brauch und Sitte deutscher Dichterschaft sollte ich meiner Gedichtsammlung, die den Titel »Buch der Lieder« führt und jüngst in erneutem Abdruck erschienen ist, auch die nachfolgenden Blätter einverleiben. Aber es wollte mich bedünken, als klänge in dem »Buch der Lieder« ein Grundton, der durch Beimischung späterer Erzeugnisse seine schöne Reinheit einbüßen möchte. Diese späteren Produktionen übergebe ich daher dem Publikum als besonderen Nachtrag, und indem ich bescheidentlich fühle, daß an dem Grundton dieser zweiten Sammlung wenig zu stören ist, füge ich ein dramatisches Gedicht hinzu, welches, in einer frühesten Periode entstanden, zu einer Reihe von Dichtungen gehört, die seitdem durch betrübsames Mißgeschick unwiderbringlich verloren gegangen sind. Dieses dramatische Gedicht (Ratcliff) kann vielleicht in der Sammlung meiner poetischen Werke eine Lücke füllen und Zeugnis geben von Gefühlen, die in jenen verlorenen Dichtungen flammten oder wenigstens knisterten.

Etwas ähnliches möchte ich in Beziehung auf das Lied von Tannhäuser andeuten. Es gehört einer Periode meines Lebens, wovon ich ebenfalls wenige schriftliche Urkunden dem Publikum mitteilen kann oder vielmehr mitteilen darf.

Der Einfall, dieses Buch mit einem Konterfei meines Antlitzes zu schmücken, ist nicht von mir ausgegangen. Das Porträt des Verfassers vor den Büchern erinnert mich unwillkürlich an Genua, wo vor dem Narrenhospital die Bildsäule des Stifters aufgestellt ist. Es war mein Verleger, welcher auf die Idee geraten ist, dem Nachtrag zum »Buch der Lieder«, diesem gedruckten Narrenhause, worin meine verrückten Gedanken eingesperrt sind, mein Bildnis voranzukleben. Mein Freund Julius Campe ist ein Schalk, und wollte gewiß den lieben Kleinen von der schwäbischen Dichterschule, die sich gegen mein Gesicht verschworen haben, einen Schabernack spielen... Wenn sie jetzt an meinen Liedern klauben und knuspern, und die Tränen zählen, die darin vorkommen, so können sie nicht umhin, manchmal meine Züge zu betrachten. Aber warum grollt ihr mir so unversöhnbar, ihr guten Leutchen? Warum zieht ihr gegen mich los in weitschweifigen Artikeln, woran ich mich zu Tode langweilen könnte? Was habt ihr gegen mein Gesicht? Beiläufig will ich hier bemerken, daß das Porträt im Musenalmanach gar nicht getroffen ist. Das Bild, welches ihr heute schaut, ist weit besser, besonders der Oberteil des Gesichtes; der untere Teil ist viel zu schmächtig. Ich bin nämlich seit einiger Zeit sehr dick und wohlbeleibt geworden, und ich fürchte, ich werde bald wie ein Bürgermeister aussehen; – ach, die schwäbische Schule macht mir so viel Kummer!

Ich sehe, wie der geneigte Leser mit verwunderten Augen um Erklärung bittet: was ich unter dem Namen »schwäbische Schule« eigentlich verstehe. Was ist das, die schwäbische Schule? Es ist noch nicht lange her, daß ich selber an mehre reisende Schwaben diese Frage richtete und um Auskunft bat. Sie wollten lange nicht mit der Sprache heraus und lächelten sehr sonderbar, etwa wie die Apotheker lächeln, wenn frühmorgens am ersten April eine leichtgläubige Magd zu ihnen in den Laden kömmt und für zwei Kreuzer Mückenhonig verlangt. In meiner Einfalt glaubte ich anfangs, unter dem Namen schwäbische Schule verstände man jenen blühenden Wald großer Männer, der dem Boden Schwabens entsprossen, jene Rieseneichen, die bis in den Mittelpunkt der Erde wurzeln, und deren Wipfel hinaufragt bis an die Sterne... Und ich frug: Nicht wahr, Schiller gehört dazu, der wilde Schöpfer, der »Die Räuber« schuf?... »Nein«, lautete die Antwort, »mit dem haben wir nichts zu schaffen, solche Räuberdichter gehören nicht zur schwäbischen Schule; bei uns geht's hübsch ordentlich zu, und der Schiller hat auch früh aus dem Land hinaus müssen.« Gehört denn Schelling zur schwäbischen Schule, Schelling, der irrende Weltweise, der König Artus der Philosophie, welcher vergeblich das absolute Montsalvatsch aufsucht und verschmachten muß in der mystischen Wildnis? »Wir verstehen das nicht«, antwortete man mir, »aber so viel können wir ihnen versichern, der Schelling gehört nicht zur schwäbischen Schule.« Gehört Hegel dazu, der Geistesweltumsegler, der unerschrocken vorgedrungen bis zum Nordpol des Gedankens, wo einem das Gehirn einfriert im abstrakten Eis? ... »Den kennen wir gar nicht.« Gehört denn David Strauß dazu, der David mit der tödlichen Schleuder? ... »Gott bewahre uns vor dem, den haben wir sogar exkommuniziert, und wollte der sich in die schwäbische Schule aufnehmen lassen, so bekäme er gewiß lauter schwarze Kugeln.«

Aber, um des Himmels willen – rief ich aus, nachdem ich fast alle großen Namen Schwabens aufgezählt hatte und bis auf alte Zeiten zurückgegangen war, bis auf Keppler, den großen Stern, der den ganzen Himmel verstanden, ja, bis auf die Hohenstaufen, die so herrlich auf Erden leuchteten, irdische Sonnen im deutschen Kaisermantel – Wer gehört denn eigentlich zur schwäbischen Schule?

»Wohlan«, antwortete man mir, »wir wollen Ihnen die Wahrheit sagen: die Renomméen, die Sie eben aufgezählt, sind vielmehr europäische als schwäbisch, sie sind gleichsam ausgewandert und haben sich dem Auslande aufgedrungen, statt daß die Renomméen der schwäbischen Schule jenen Kosmopolitismus verachten und hübsch patriotisch und gemütlich zu Hause bleiben bei den Gelbveiglein und Metzelsuppen des teuren Schwabenlandes.« – Und nun kam ich endlich dahinter, von welcher bescheidenen Größe jene Berühmtheiten sind, die sich seitdem als schwäbische Schule aufgetan, in demselben Gedankenkreise umherhüpfen, sich mit denselben Gefühlen schmücken und auch Pfeifenquäste von derselben Farbe tragen.

Der Bedeutendste von ihnen ist der evangelische Pastor Gustav Schwab. Er ist ein Hering in Vergleichung mit den anderen, die nur Sardellen sind; versteht sich, Sardellen ohne Salz. Er hat einige schöne Lieder gedichtet, auch etwelche hübsche Balladen; freilich, mit einem Schiller, mit einem großen Walfisch, muß man ihn nicht vergleichen. Nach ihm kommt der Doktor Justinus Kerner, welcher Geister und vergiftete Blutwüste sieht, und einmal dem Publikum aufs ernsthafteste erzählt hat, daß ein paar Schuhe, ganz allein, ohne menschliche Hilfe, langsam durch das Zimmer gegangen sind bis zum Bette der Seherin von Prevorst. Das fehlt noch, daß man seine Stiefel des Abends festbinden muß, damit sie einem nicht des Nachts, trapp! trapp! vors Bett kommen und mit lederner Gespensterstimme die Gedichte des Herrn Justinus Kerner vordeklamieren! Letzter sind nicht ganz und gar schlecht, der Mann ist überhaupt nicht ohne Verdienst, und von ihm möchte ich dasselbe sagen, was Napoleon von Murat gesagt hat, nämlich: »Er ist ein großer Narr, aber der beste General der Kavallerie.« Ich sehe schon, wie sämtliche Insassen von Weinsberg über dieses Urteil den Kopf schütteln und mit Befremden mir entgegnen: »Unser teurer Landsmann, Herr Justinus, ist freilich ein großer Narr, aber keineswegs der beste General der Kavallerie!« Nun, wie ihr wollt, ich will euch gern einräumen, daß er kein vorzüglicher Kavalleriegeneral ist.

Herr Karl Mayer, welcher auf Latein Carolus Magnus heißt, ist ein anderer Dichter der schwäbischen Schule, und man versichert, daß er den Geist und den Charakter derselben am treuesten offenbare; er ist eine matte Fliege und besingt Maikäfer. Er soll sehr berühmt sein in der ganzen Umgegend von Waiblingen, vor dessen Toren man ihm eine Statue setzen will, und zwar eine Statue von Holz und in Lebensgröße. Dieses hölzerne Ebenbild des Sängers soll alle Jahr' mit Ölfarbe neu angestrichen werden, alle Jahr' im Frühling, wenn die Gelbveiglein duften und die Maikäfer summen. Auf dem Piédestal wird die Inschrift zu lesen sein: »Dieser Ort darf nicht verunreinigt werden!«

Ein ganz ausgezeichneter Dichter der schwäbischen Schule, versichert man mir, ist Herr *** – er sei erst kürzlich zum Bewußtsein, aber noch nicht zur Erscheinung gekommen; er habe nämlich seine Gedichte noch nicht drucken lassen. Man sagt mir, er besinge nicht bloß Maikäfer, sondern sogar Lerchen und Wachteln, was gewiß sehr löblich ist. Lerchen und Wachteln sind wahrhaftig wert, daß man sie besinge, nämlich wenn sie gebraten sind. Über den Charakter und respektiven Wert der ***schen Dichtungen kann ich, solange sie noch nicht zur äußeren Erscheinung gekommen sind, gar kein Urteil fällen, ebensowenig wie über die Meisterwerke so vieler anderen großen Unbekannten der schwäbischen Schule.

Die schwäbische Schule hat wohl gefühlt, daß es ihrem Ansehen nicht schaden würde, wenn sie neben ihren großen Unbekannten, die uns nur vermittelst eines Hydro-Gasmikroskops sichtbar werden, auch einige kleine Bekannte, einige Renomméen, die nicht bloß in der umfriedeten Heimlichkeit schwäbischer Gauen, sondern auch im übrigen Deutschland einige Geltung erworben, zu den ihrigen zählen könne. Sie schrieben daher an den König Ludwig von Bayern, den gekrönten Sänger, welcher aber absagen ließ. Übrigens ließe er sie freundlich grüßen und schickte ihnen ein Prachtexemplar seiner Poesien mit Goldschnitt und Einband von rotem Maroquin-Papier. Hierauf wandten sich die Schwaben an den Hofrat Winkler, welcher unter dem Namen Theodor Hell seinen Dichterruhm verbreitet hat; dieser aber antwortete, seine Stellung als Herausgeber der »Abendzeitung« erlaube ihm nicht, sich in die schwäbische Schule aufnehmen zu lassen, dazu komme, daß er selber eine sächsische Schule stiften wolle, wozu er bereits eine bedeutende Anzahl poetischer Landsleute engagiert habe. In ähnlicher Weise haben auch einige berühmte Oberlausitzer und Hinterpommern die Anträge der schwäbischen Schule abgewiesen.

In dieser Not begingen die Schwaben einen wahren Schwabenstreich, sie nahmen nämlich zu Mitgliedern ihrer schwäbischen Schule einen Ungar und einen Kaschuben. Ersterer, der Ungar, nennt sich Nikolaus Lenau und ist seit der Juliusrevolution durch seine liberalen Bestrebungen, auch durch den anpreisenden Eifer meines Freundes Laube, zu einer Renommée gekommen, die er bis zu einem gewissen Grade verdient. Die Ungarn haben jedenfalls viel dadurch verloren, daß ihr Landsmann Lenau unter die Schwaben gegangen ist; indessen, solange sie ihren Tokayer behalten, können sie sich über diesen Verlust trösten.

Die andere Äquisition der schwäbischen Schule ist minder brillant; sie besteht nämlich in der Person des gefeierten Wolfgang Menzel, welcher unter den Kaschuben das Licht erblickt, an den Marken Polens und Deutschlands, an jener Grenze, wo der germanische Flegel den slavischen versteht, wie der alte Boß sagen würde, der alte Johann Heinrich Boß, der ungeschlachte, aber ehrliche sächsische Bauer, der, wie in seiner Gesichtsbildung, so auch in seinem Gemüte die Merkmale des Deutschtums trug. Daß dieses bei Herrn Wolfgang Menzel nicht der Fall ist, daß er weder dem Äußeren noch dem Inneren nach ein Deutscher ist, habe ich in der kleinen allerliebsten Schrift »Über den Denunzianten« gehörig bewiesen. Ich hätte, beiläufig gestanden, die kleine Schrift nicht herausgegeben, wenn mir die Abhandlungen über denselben Gegenstand, die großen Bomben von Ludwig Börne und David Strauß, vorher zu Gesicht gekommen wären. Aber dieser kleinen Schrift, welche die Vorrede zum dritten Teile des »Salons« bilden sollte, ward von dem Zensor dieses Buches das Imprimatur verweigert – »aus Pietät gegen Wolfgang Menzel«, – und das arme Ding, obgleich in politischer und religiöser Beziehung zahm genug abgefaßt, mußte während sieben Monaten von einem Zensor zum andern wandern, bis es endlich notdürftig unter die Haube kam. Wenn du, geneigter Leser, das Büchlein in der Buchhandlung von Hoffmann und Campe zu Hamburg selber holst, so wird dir dort mein Freund Julius Campe bereitwillig erzählen, wie schwer es war, den »Denunzianten« in die Presse zu bringen, wie das Ansehen desselben durch gewisse Autoritäten geschützt werden sollte, und wie endlich durch unableugbare Urkunden, durch ein Autograph des Denunzianten, der sich in den Händen von Theodor ???Mundt befindet, der Titel meiner Schrift aufs glänzendste gerechtfertigt wird. Was der Gefeierte dagegen vorgebracht hat, ist dir vielleicht bekannt, mein teurer Leser. Als ich ihm Stück vor Stück die Fetzen des falschen Patriotismus und der erlogenen Moral vom Leibe riß, – da erhub er wieder ein ungeheures Geschrei: die Religion ist in Gefahr, die Pfeiler der Kirche brächen zusammen, Heinrich Heine richte das Christentum zugrunde! Ich habe herzlich lachen müssen, denn dieses Zetergeschrei erinnerte mich an einen andern armen Sünder, der auf dem

Marktplatz zu Lübeck mit Staupenschlag und Brandmark abgestraft wurde, und plötzlich, als das rote Eisen seinen Rücken berührte, ein entsetzliches Mordio erhob und beständig schrie: »Feuer! Feuer! Es brennt, es brennt, die Kirche steht in Flammen!« Die alten Weiber erschraken auch diesmal über solchen Feuerlärm, vernünftige Leute aber lachten und sprachen: »Der arme Schelm! nur sein eigner Rücken ist entzündet, die Kirche steht sicher auf ihrem alten Platze, auch hat dort die Polizei, aus Furcht vor Brandstiftung, noch einige Spritzen aufgestellt, und aus frommer Vorsorge darf jetzt in der Nähe der Religion nicht einmal eine Zigarre geraucht werden!« Wahrlich, das Christentum ward nie ängstlicher geschützt als eben jetzt.

Bei dieser Gelegenheit kann ich nicht umhin, dem Gerüchte zu widersprechen, als habe Herr Wolfgang Menzel, auf Andrang seiner Kollegen, sich endlich entschlossen, jene Großmut zu benutzen, womit ich ihm gestattete, sich wenigstens von dem Vorwurf der persönlichen Feigheit zu reinigen. Ehrlich gestanden, ich war immer darauf gefaßt, daß mir Ort und Zeit anberaumt würde, wo der Ritter der Vaterlandsliebe, des Glaubens und der Tugend sich bewähren wolle in all seiner Mannhaftigkeit. Aber leider bis auf diese Stunde wartete ich vergebens, und die Witzlinge in deutschen Blättern moquierten sich obendrein über meine Leichtgläubigkeit. Spottvögel haben sich sogar den Spaß erlaubt, mir im Namen der unglücklichen Gattin des Denunzianten einen Brief zu schreiben, worin die arme Frau sich über die häuslichen Nöten, die sie seit dem Erscheinen meiner kleinen Schrift zu erdulden habe, schmerzlich beklagt. Jetzt sei gar kein Auskommen mehr mit ihrem Manne, der zu Hause zeigen wolle, daß er ein Held sei. Die geringste Anspielung auf Feigheit brächte ihn zur Wut. Eines Abends habe er das kleine Kind geprügelt, weil es »Häschen an der Wand« spielte. Jüngst sei er wie rasend aus der Ständekammer gekommen und habe wie ein Ajax getobt, weil dort alle Blicke auf ihn gerichtet gewesen, als die Gesetzfrage »ob man jemanden ungestraft dem öffentlichen Gelächter preisgeben dürfe?« diskutiert wurde. Ein andermal habe er bitterlich geweint, als einer von den undankbaren Juden, die er emanzipieren wolle, ihm ins Gesicht gemauschelt: »Sie sind doch kein Patriot, Sie tun nichts fürs Volk, Sie sind nicht der Ätte, sondern die Memme des Vaterlandes.« Aber gar des Nachts beginne der rechte Jammer, und dann seufze er und wimmere und stöhne, daß sich ein Stein drob erbarmen könnte. Das sei nicht länger zum Aushalten, schloß der angebliche Brief der armen Frau, sie wolle lieber sterben, als diesen Zustand länger ertragen, und um der Sache ein Ende zu machen, sei sie erbötig, statt ihres furchtsamen Gemahls, sich selber mit mir zu schlagen. Gehorsame Dienerin.

Als ich diesen Brief las und in meiner Einfalt die offenbare Mystifikation nicht gleich merkte, rief ich mit Begeisterung: Edles Weib! würdige Schwäbin! würdig deiner Mütter, die einst zu Weinsberg ihre Männer huckepack trugen!

Die Weiber im Schwabenlande scheinen überhaupt mehr Energie zu besitzen als ihre Männer, die nicht selten nur auf Geheiß ihrer Ehehälften zum Schwerte greifen. Weiß ich doch eine schöne Schwäbin, die mir seit Jahren wütender als zwanzig Teufel den Krieg macht und mich mit unversöhnlicher Feindschaft verfolgt.

Ein Naturforscher hat ganz richtig die Bemerkung gemacht, daß im Sommer, besonders in den Hundstagen, weit mehr gegen mich geschrieben wird als im Winter.

Daß es nicht die altpoetische Vornehmigkeit ist, welche mich davon abhält, dergleichen Angriffe zu besprechen, habe ich bereits an einem andern Orte erwähnt. Einesteils liegt mir ein gewisser Knebel im Munde, sobald ich mich gegen Anschuldigung von Immoralität oder irreligiöser Frivolität, oder gar politischer Inkonsequenz, durch Erörterung der letzten Gründe von all meinem Tichten und Trachten, verteidigen wollte. Anderenteils befinde ich mich meinen Widersachern gegenüber in derselben Lage, die Freund Semilasso irgendwo in seiner afrikanischen Reisebeschreibung mit der richtigen Empfindung erwähnt. Er erzählt uns nämlich, daß, als er in einem Beduinenlager übernachtete, rings um sein Zelt eine große Menge Hunde unaufhörlich bellten und heulten und winselten, was ihn aber am Schlafen gar nicht gehindert habe; »wär' es nur ein einziger Kläffer gewesen«, setzt er hinzu, »so hätte ich die ganze Nacht kein Auge zutun können«. Das ist es: weil der Kläffer so viele sind, und weil der Mops den Spitz, dieser wieder den gemütlichen Dachs, letzterer das edle Windspiel oder die fromme Dogge überbellt, und die schnöden Laute der verschiedenen Bestien im Gesamtgeheul verloren gehen, kann mir ein ganzer Hundelärm wenig anhaben.

Nein, Herr Gustav Pfizer ebensowenig wie die anderen hat mir jemals den Schlaf gekostet, und man darf es mir aufs Wort glauben, daß bei Erwähnung dieses Dichterlings auch nicht die mindeste Bitterkeit in meiner Seele waltet. Aber ich kann ihn, der Vollständigkeit wegen, nicht unerwähnt lassen; die schwäbische Schule zählt ihn nämlich zu den Ihrigen, was mir sonderbar genug dünkt, da er im Gegensatze zu dieser Genossenschaft mehr als reflektierende Fledermaus denn als gemütlicher Maikäfer umherflattert, und vielmehr nach der Schubart'schen Totengruft als nach Gelbveiglein riecht. Mir wurden mal seine Gedichte aus Stuttgart zugeschickt, und die freundlichen Begleitungszeilen veranlaßten mich, einen flüchtigen Blick hineinzuwerfen; ich fand sie herzlich schlecht. Dasselbe kann ich auch von seiner Prosa sagen; sie ist herzlich schlecht. Ich gestehe freilich, daß ich nichts anderes von ihm gelesen habe als eine Abhandlung, die er gegen mich geschrieben. Sie ist geistlos und unbeholfen und miserabel stilisiert; letzteres ist um so unverzeihlicher, da die ganze Schule die Materialien dazu kotisiert. Das Beste in der ganzen Abhandlung ist der wohlbekannte Kniff, womit man verstümmelte Sätze aus den heterogensten Schriften eines Autors zusammenstellt, um demselben jede beliebige Gesinnung oder Gesinnungslosigkeit aufzubürden. Freilich, der Kniff ist nicht neu, doch bleibt er immer probat, da von Seiten des angefochtenen Autors keine Widerlegung möglich ist, wenn er nicht etwa ganze Folianten schreiben wollte, um zu beweisen, daß der eine von den angeführten Sätzen humoristisch gemeint, der andere zwar ernst gemeint sei, aber sich auf einen Vordersatz beziehe, der ihm eben so seine richtige Bedeutung verleiht; daß ferner die aneinander gereihten Sätze nicht bloß aus ihrem logischen, sondern auch aus ihrem chronologischen Zusammenhang gerissen worden, um einige scheinbare Widersprüche hervorzuklauben; daß aber eben diese Widersprüche von der höchsten Konsequenz zeugen würden, wenn man Zeitfolge, Zeitbedingungen bedächte – ach! wenn man bedächte, wie die Strategie eines Autors, der für die Sache der europäischen Freiheit kämpft, wunderlich verwickelt ist, wie seine Taktik allen möglichen Veränderungen unterworfen, wie er heute etwas als äußerst wichtig verfechten muß, was ihm morgen ganz gleichgültig sein kann, wie er heute diesen Punkt, morgen einen andern zu beschützen oder anzugreifen hat, je nachdem es die Stellung der Gegenpartei, die wechselnden Alliancen, die Siege oder die Niederlagen des Tages erfordern!

Das einzige Neue und Eigentümliche, was ich in der oben erwähnten Abhandlung des Herrn Gustav Pfizer gefunden habe, war hie und da nicht bloß eine listige Vorkehrung des Wortsinnes meiner Schriften, sondern sogar die Fälschung meiner Worte selbst – Dieses ist neu, ist eigentümlich, wenigstens bis jetzt hat man in Deutschland noch nicht einen Autor mit verfälschten Worten zitiert. Doch Herr Gustav Pfizer scheint noch ein junger Anfänger zu sein, es juckt ihm zwar die Begabnis des Fälschens in seinen Fingern, doch merkt man an ihm noch eine gewisse Befangenheit in der Ausübung, und wenn er z.B. »Hostien« zitiert, statt der gewöhnlichen »Oblaten« des Originaltextes, oder mehrmals »göttlich« zitiert, statt des ursprünglichen »vortrefflich« – so weiß er doch noch nicht recht, welchen Gebrauch er von solcher Fälschung machen kann. Er ist ein junge Anfänger. Aber sein Talent ist unleugbar, er hat es hinlänglich offenbart, die geziemendste Anerkennung darf ihm nicht verweigert werden, er verdient, daß ihm Wolfgang Menzel mit der tapferen Hand seinen schäbigsten Lorbeerkranz aufs Haupt drückt.

Indessen, ehrlich gestanden, ich rate ihm, sein Talent nicht bedeutender auszubilden. Es könnte ihn einst das Gelüste anwandeln, jenes edle Talent auch auf außerliterärische Gegenstände anzuwenden. Es gibt Länder, wo dergleichen mit einem Halsband von Hanf belohnt wird. Ich sah zu Old-Bailey in London jemanden hängen, der ein falsches Zitat unter einen Wechsel geschrieben hatte – und der arme Schelm mochte es wohl aus Hunger getan haben, nicht aus Büberei oder aus eitel Neid, oder gar um eine kleine Lobspende im »Stuttgarter Literaturblatt«, ein literärisches Trinkgeld, zu verdienen. Ich hatte deshalb Mitleid mit dem armen Schelm, bei dessen Exekution sehr viele Zögerungen vorfielen. Es ist ein Irrtum, wenn man glaubt, daß das Hängen in England so schnell vonstatten gehe. Die Zubereitungen dauerten fast eine Viertelstunde, Ich ärgere mich noch heute, wenn ich daran denke, mit welcher Langsamkeit dem armen Menschen die Schlinge um den Hals gelegt und die weiße Nachtmütze über die Augen gezogen wurde. Neben ihm standen seine Freunde, vielleicht die Genossen der Schule, wozu er gehörte, und harrten des Augenblicks, wo sie ihm den Liebesdienst erweisen konnten; dieser Liebesdienst besteht darin, daß sie den gehenkten Freund, um seine zuckende Todesqual abzukürzen, so stark als möglich an den Beinen ziehen.

Ich habe von Herrn Gustav Pfizere geredet, weil ich ihn bei Besprechung der schwäbischen Schule nicht füglich übergehen konnte. So viel darf ich versichern, daß ich in der Heiterkeit meines Herzens nicht den mindesten Unmut wider Herrn Pfizer empfinde. Im Gegenteil, sollte ich je imstande sein, ihm einen Liebesdienst zu erweisen, so werde ich ihn gewiß nicht lange zappeln lassen.

– – Und nun laß uns ernsthaft reden, lieber Leser; was ich dir jetzt noch zu sagen habe, verträgt sich nicht mit dem scherzenden Tone, mit der leichtsinnig guten Laune, die mich beseelte, während ich diese Blätter schrieb. Es liegt mir drückend etwas im Sinne, was ich nicht mit ganz freier Zunge zu erörtern vermag, und worüber dennoch das unzweideutige Geständnis nötig wäre. Ich hege nämlich eine wahre Scheu, bei Gelegenheit – der schwäbischen Schule auch den Ludwig Uhland zu sprechen, von dem großen Dichter, den ich schier zu beleidigen fürchte, wenn ich seiner in so kläglicher Gesellschaft denke. Und dennoch, da die erwähnten Dichterlinge den Ludwig Uhland zu den Ihrigen zählen oder gar für ein Haupt ihrer Genossen ausgeben, so könnte man hier jedes Verschweigen seines Namens als eine Unredlichkeit betrachten. Weit entfernt, an seinem Werte zu mäkeln, möchte ich vielmehr die Verehrung, die ich seinen Dichtungen zolle, mit den volltönendsten Worten an den Tag geben. Es wird sich mir bald dazu ein passendere Gelegenheit bieten. Ich werde alsdann zur Genüge zeigen, daß sich in meiner früheren Beurteilung des trefflichen Sängers zwar einige grämliche Töne, einige zeitliche Verstimmungen einschleichen konnten, daß ich aber nie die Absicht hegte, an seinem inneren Werte, an seinem Talente selbst eine Ungerechtigkeit zu begehen. Nur über die literarhistorischen Beziehungen, über die äußeren Verhältnisse seine Muse, habe ich unumwunden eine Ansicht, die vielleicht seinen Freunden mißfällig, aber darum dennoch nicht minder ist, aussprechen müssen. Als ich nämlich Ludwig Uhland im Zusammenhang mit der »Romantischen Schule« in dem Buche, welches eben diesen Namen führt, flüchtig beurteilte, habe ich deutlich genug nachgewiesen, daß der vortreffliche Sänger nicht eine neue, eigentümliche Sangesart aufgebracht hat, sondern nur die Töne der romantischen Schule gelehrig nachsprach; daß, seitdem die Lieder seiner Schulgenossen verschollen sind, Uhland's Gedichtesammlung als das einzig überlebende lyrische Denkmal jener Töne der romantischen Schule zu betrachten ist; das aber der Dichter selbst, ebensogut wie die ganze Schule, längst tot ist. Ebensogut wie Schlegel, Tieck, wie Fouqué, ist auch Uhland längst verstorben, und hat vor jenen edlen Leichen nur das größere Verdienst, daß er seinen Tod wohl begriffen und seit zwanzig Jahren nichts mehr geschrieben hat. Es ist wahrlich ein ebenso widerwärtiges wie lächerliches Schauspiel, wenn jetzt meine schwäbischen Dichterlinge den Uhland zu den Ihren zählen, wenn sie den großen Toten aus seinem Grabmal hervorholen, ihm ein Fallhütchen aufs Haupt stülpen und ihn in ihr niedriges Schulstübchen hereinzerren, – oder wenn sie gar den erblichen Helden wohlgeharnischt aufs hohe Pferd packen wie einst die Spanier ihren Eid, und solchermaßen gegen die Ungläubigen, gegen die Verächter der schwäbischen Schule, losrennen lassen!

Das fehlt mir noch, daß ich auch im Gebiete der Kunst mit Toten zu kämpfen hätte! Leider muß ich es oft genug in anderen Gebieten, und ich versichere euch bei allen Schmerzen meiner Seele, solcher Kampf ist der fatalste und verdrießlichste. Da ist keine glühende Ungeduld, die da hetzt Hieb auf Hieb, bis die Kämpfer wie trunken hinsinken und verbluten. Ach die toten ermüden uns mehr als sie uns verwunden, und der Streit verwandelt sich am Ende in eine fechtende Langeweile. Kennst du die Geschichte von dem jungen Ritter, der in den Zauberwald zog? Sein Haar war goldig, auf seinem Helm wehten die kecken Federn, unter dem Gitter des Visiers glühten die roten Wangen, und unter dem blanken Harnisch pochte der frischeste Mut. In dem Walde aber flüsterten die Winde sehr sonderbar. Gar unheimlich schüttelten sich die Bäume, die manchmal, häßlich verwachsen, an menschliche Mißbildungen erinnerten. Aus dem Laubwerk guckte hie und da ein gespenstisch weißer Vogel, der fast verhöhnend kicherte und lachte. Allerlei Fabelgetier huschte schattenhaft durch die Büsche. Mitunter freilich zwitscherte auch mancher harmlose Zeisig, und nickte aus den breitblättrigen Schlingpflanzen manch stille schöne Blume. Der junge Fant aber immer weiter vordringend, rief endlich mit Übertrotz: »Wann erscheint denn der Kämpe, der mich besiegen kann?« Da kam, nicht eben rüstig, aber doch nicht allzu schlotterig, herangezogen ein langer, magerer Ritter mit geschlossenem Visier, und stellte sich zum Kampfe. Sein Helmbusch war geknickt, sein Harnisch war eher verwittert als schlecht, sein Schwert war schartig, aber vom besten Stahl, und sein Arm war stark. Ich weiß nicht, wielange die beiden miteinander fochten, doch es mag wohl geraume Zeit gedauert haben, denn die Blätter fielen unterdessen von den Bäumen, und diese standen lange kahl und frierend, und dann knospeten sie wieder aufs neue und grünten im Sonnenschein, und so wechselten die Jahrzeiten – ohne daß sie es merkten, die beiden Kämpfer, die beständig auf einander loshieben, anfangs unbarmherzig wild, später minder heftig, dann sogar etwas phlegmatisch, bis sie endlich ganz und gar die Schwerter sinken ließen und erschöpft ihre Helmgitter aufschlossen – Das gewährte einen betrübenden Anblick! Der eine Ritter, der herausgeforderte Kämpe, war ein Toter, und aus dem geöffneten Visier grinste ein fleischloser Schädel. Der andere Ritter, der als junger Fant in den Wald gezogen, trug jetzt ein verfallen fahles Greisenantlitz und sein Haar war schneeweiß. – Von den hohen Bäumen herab, wie verhöhnend, kicherte und lachte das gespenstisch weiße Gevögel.

Geschrieben zu Paris, im Wonnemond 1838

Einleitung zur Prachtausgabe des »*Don Quixote*«

(1837)

»Leben und Taten des scharfsinnigen Junkers Don Quixote von der Mancha, beschrieben von Miguel Cervantes de Saavedra«, war das erste Buch, das ich gelesen habe, nachdem ich schon in ein verständiges Kindesalter getreten und des Buchstabenwesens einigermaßen kundig war. Ich erinnere mich noch ganz genau jener kleinen Zeit, wo ich mich eines frühen Morgens vom Hause wegstahl und nach dem Hofgarten eilte, um dort ungestört von Don Quixote zu lesen. Es war ein schöner Maitag, lauschend im stillen Morgenlichte lag der blühende Frühling und ließ sich loben von der Nachtigall, seiner süßen Schmeichlerin, und diese sang ihr Loblied so karessierend weich, so schmelzend enthusiastisch, daß die verschämtesten Knospen aufsprangen, und die lüsternen Gräser und die duftigen Sonnenstrahlen sich hastiger küßten, und Bäume und Blumen schauerten vor eitel Entzücken. Ich aber setzte mich auf eine alte moosige Steinbank in der sogenannten Seufzerallee, unfern des Wasserfalls, und ergötze mein kleines Herz an den großen Abenteuern des kühnen Ritters. In meiner kindischen Ehrlichkeit nahm ich alles für baren Ernst; so lächerlich auch dem armen Helden von dem Geschicke mitgespielt wurde, so meinte ich doch, das müsse so sein, das gehöre nun mal zum Heldentum, das Ausgelachtwerden ebensogut wie die Wunden des Leibs, und jenes verdroß mich ebensosehr, wie ich diese in meiner Seele mitfühlte. – Ich war ein Kind und kannte nicht die Ironie, die Gott in die Welt hineingeschaffen, und die der große Dichter in seiner gedruckten Kleinwelt nachgeahmt hatte, und ich konnte die bittersten Tränen vergießen, wenn der edle Ritter für all seinen Edelmut nur Undank und Prügel genoß. Da ich, noch ungeübt im Lesen, jedes Wort laut aussprach, so konnten Vögel und Bäume, Bach und Blume alles mit anhören, und da solche unschuldige Naturwesen, ebenso wie die Kinder, von der Weltironie nichts wissen, so hielten sie gleichfalls alles für baren Ernst und weinten mit mir über die Leiden des armen Ritters; sogar eine alte ausgediente Eiche schluchzte, und der Wasserfall schüttelte heftiger seinen weißen Bart und schien zu schelten auf die Schlechtigkeit der Welt. Wir fühlten, daß der Heldensinn des Ritters darum nicht mindere Bewunderung verdient, wenn ihm der Löwe ohne Kampflust den Rücken kehrte, und daß seine Taten um so preisenswerter, je schwächer und ausgedörrter sein Leib, je morscher die Rüstung, die ihn schützte, und je armseliger der Klepper, der ihn trug. Wir verachteten den niedrigen Pöbel, der, geschmückt mit buntseidenen Mänteln, vornehmen Redensarten und Herzogstiteln, einen Mann verhöhnte, der ihm an Geisteskraft und Edelsinn so weit überlegen war. Dulcinea's Ritter stieg immer höher in meiner Achtung und gewann immer mehr meine Liebe, je länger ich in dem wundersamen Buche las, was in demselben Garten täglich geschah, so daß ich schon im Herbste das Ende der Geschichte erreichte, – und nie werde ich den Tag vergessen, wo ich von dem kummervollen Zweikampfe las, worin der Ritter so schmählich unterliegen mußte!

Es war ein trüber Tag, häßliche Nebelwolken zogen den grauen Himmel entlang, die gelben Blätter fielen schmerzlich von den Bäumen, schwere Tränentropfen hingen an den letzten Blumen, die gar traurig und welk die sterbenden Köpfchen senkten, die Nachtigallen waren längst verschollen, von allen Seiten starrte mich an das Bild der Vergänglichkeit – und mein Herz wollte schier brechen, als ich las, wie der edle Ritter betäubt und zermalmt am Boden lag und, ohne das Visier zu heben, als wenn er aus dem Grabe gesprochen hätte, mit schwacher, kranker Stimme zu dem Sieger hinaufrief: »Dulcinea ist das schönste Weib der Welt, und ich der unglücklichste Ritter auf Erden, aber es ziemt sich nicht, daß meine Schwäche diese Wahrheit verleugne, – stoßt zu mit der Lanze, Ritter!«

Ach, dieser leuchtende Ritter vom silbernen Monde, der den mutigsten und edelsten Mann der Welt besiegte, war ein verkappter Barbier!

Es sind nun acht Jahre, daß ich für den vierten Teil der »Reisebilder« diese Zeilen geschrieben, worin ich den Eindruck schilderte, den die Lektüre des Don Quixote vor weit längerer Zeit in meinem Geiste hervorbrachte. Lieber Himmel, wie hoch die Jahre schnell dahinschwinden! Es ist mir, als habe ich erst gestern in der Seufzerallee des Düsseldorfer Hofgartens das Buch zu Ende gelesen, und mein Herz sei noch erschüttert von Bewunderung für die Taten und Leiden des großen Ritters. Ist mein Herz die ganze Zeit über stabil geblieben, oder ist es nach einem wunderbaren Kreislauf zu den Gefühlen der Kindheit zurückgekehrt? Das letztere mag wohl der Fall sein, denn ich erinnere mich, daß ich in jedem Lustrum meines Lebens den Don Quixote mit abwechselnd verschiedenartigen Empfindungen gelesen habe. Als ich ins Jünglingsalter emporblühete und mit unerfahrenen Händen in die Rosenbüsche des Lebens hineingriff und auf die höchsten Felsen klomm, um der Sonne näher zu sein, und des Nachts von nichts träumte als von Adlern und reinen Jungfrauen, da war mir der Don Quixote ein sehr unerquickliches Buch, und lag es in meinem Wege, so schob ich es unwillig zur Seite. Späterhin, als ich zum Manne heranreifte, versöhnte ich mich schon einigermaßen mit Dulcineas 's unglücklichen Kämpen und ich fing schon an, über ihn zu lachen. Der Kerl ist ein Narr, sagte ich. Doch, sonderbarerweise, auf allen meinen Lebensfahrten verfolgten mich die Schattenbilder des dürren Ritters und seines fetten Knappen, namentlich wenn ich an einen bedenklichen Scheideweg gelangte. So erinnere ich mich, als ich nach Frankreich reiste und eines Morgens im Wagen aus einem fieberhaften Halbschlummer erwachte, sah ich im Frühnebel zwei wohlbekannte Gestalten neben mir einherreiten, und die eine an meiner rechten Seite war Don Quixote von der Mancha auf seiner abstrakten Rosinante und die andere, zu meiner Linken, war Sancho Pansa auf seinem positiven Grauchen. Wir hatten eben die französische Grenze erreicht. Der edle Manchaner beugte ehrfurchtsvoll das Haupt vor der dreifarbigen Fahne, die uns vom hohen Grenzpfahl entgegenflatterte, der gute Sancho grüßte mit etwas kühlerem Kopfnicken die ersten französischen Gendarmen, die unfern zum Vorschein kamen; endlich aber jagten beide Freunde mir davon, ich verlor sie aus dem Gesichte, und nur noch zuweilen hörte ich Rosinante's begeisterte Gewieher und die bejahenden Töne des Esels.

Ich war damals der Meinung, die Lächerlichkeit des Donquixotismus bestehe darin, daß der edle Ritter eine längst abgelebte Vergangenheit ins Leben zurückrufen wollte, und seine armen Glieder, namentlich sein Rücken, mit den Tatsachen der Gegenwart in schmerzliche Reibungen gerieten. Ach, ich habe seitdem erfahren, daß es eine ebenso undankbare Tollheit ist, wenn man die Zukunft allzu frühzeitig in die Gegenwart einführen will, und bei solchem Ankampf gegen die schweren Interessen des Tages nur einen sehr mageren Klepper, eine sehr morsche Rüstung und einen ebenso gebrechlichen Körper besitzt! Wie über jenen, so auch über diesen Donquixotismus schüttelt der Weise sein vernünftiges Haupt. – Aber Dulcinea von Toboso ist dennoch das schönste Weib der Welt; obgleich ich elend zu Boden liege, nehme ich dennoch diese Behauptung nimmermehr zurück, ich kann nicht anders, – stoßt zu mit euren Lanzen, ihr silbernen Mondritter, ihr verkappten Barbiergesellen!

Welcher Grundgedanke leitete den großen Cervantes, als er sein großes Buch schrieb? Beabsichtigte er nur den Ruin der Ritterromane, deren Lektüre zu seiner Zeit in Spanien so stark grassierte, daß geistliche und weltliche Verordnungen dagegen unmächtig waren? Oder wollte er alle Erscheinungen der menschlichen Begeisterung überhaupt und zunächst das Heldentum der Schwertführer ins Lächerliche ziehen? Offenbar bezweckte er nur eine Satire gegen die erwähnten Romane, die er durch Beleuchtung ihrer Absurditäten dem allgemeinen Gespötte und also dem Untergange überliefern wollte. Dieses gelang ihm auch aufs glänzendste; denn was weder die Ermahnungen der Kanzel noch die Drohungen der Kanzlei bewerkstelligen konnten, das erwirkte ein armer Schriftsteller mit seiner Feder; er richtete die Ritterromane so gründlich zugrunde, daß bald nach dem Erscheinen des Don Quixote der Geschmack für jene Bücher in ganz Spanien erlosch, und auch keins derselben mehr gedruckt ward. Aber die Feder des Genius ist immer größer als er selber, sie reicht immer weit hinaus über seine zeitlichen Absichten, und ohne daß er sich dessen klar bewußt wurde, schrieb Cervantes die größte Satire gegen die menschliche Begeisterung. Nimmermehr ahnte er dieses, er selber, der Held, welcher den größten Teil seines Lebens in ritterlichen Kämpfen zugebracht hatte und im späten Alter sich noch oft darüber freute, daß er in der Schlacht bei Lepanto mitgefochten, obgleich er diesen Ruhm mit dem Verluste seiner linken Hand bezahlt hatte.

Über Person und Lebensverhältnisse des Dichters, der den Don Quixote geschrieben, weiß der Biograph nur weniges zu melden. Wir verlieren nicht viel durch solchen Mangel an Notizen, die gewöhnlich bei den Frau Basen der Nachbarschaft aufgegabelt werden. Diese sehen ja nur die Hülle; wir aber sehen den Mann selbst, seine wahre, treue, unverleumdete Gestalt.

Er war ein schöner, kräftiger Mann, Don Miguel Cervantes de Saavedra. Seine Stirn war hoch und sein Herz war weit. Wundersam die Zauberkraft seines Auges. Wie es Leute gibt, welche durch die Erde schauen und die darin begrabenen Schätze oder Leichen sehen können, so drang das Auge des großen Dichters durch die Brust der Menschen, und er sah deutlich, was dort vergraben. Den Guten war sein Blick ein Sonnenstrahl, der ihr Inneres freudig erhellte; den Bösen war sein Blick ein Schwert, das ihre Gefühle grausam zerschnitt. Sein Blick drang forschend in die Seele eines Menschen und sprach mit ihr, und wenn sie nicht antworten wollte, folterte er sie, und die Seele lag blutend auf der Folter, während vielleicht ihre liebliche Hülle sich herablassend vornehm gebärdete. Was Wunder, daß ihm dadurch sehr viele Leute abhold wurden, und ihn auf seiner irdischen Laufbahn nur saumselig beförderten! Auch gelangte er niemals zu Rang und Wohlstand, und von all' seinen mühseligen Pilgerfahrten brachte er keine Perlen, sondern nur leere Muscheln nach Hause. Man sagt, er habe den Wert des Geldes nicht zu schätzen gewußt; aber ich versichere euch, er wußte den Wert des Geldes sehr zu schätzen, sobald er keins mehr hatte. Nie aber schätzte er es so hoch wie seine Ehre. Er hatte Schulden, und in einer von ihm verfaßten Charte, die Apollo den Dichtern oktroyiert, bestimmt der erste Paragraph: wenn ein Dichter versichert, kein Geld zu haben, so solle man ihm aufs Wort glauben und keinen Eid von ihm verlangen. Er liebte Musik, Blumen und Weiber. Doch auch in der Liebe für letztere ging es ihm manchmal herzlich schlecht, namentlich als er noch jung war. Konnte das Bewußtsein künftiger Größe ihn genugsam trösten in seiner Jugend, wenn schnippische Rosen ihn mit ihren Dornen verletzten? – Einst an einem hellen Sommernachmittag ging er, ein junger Fant, am Tajo spazieren mit einer sechzehnjährigen Schönen, die sich beständig über seine Zärtlichkeit mokierte. Die Sonne war noch nicht untergegangen, sie glühte noch in ihrer goldigsten Pracht; aber oben am Himmel stand schon der Mond, winzig und blaß, wie ein weißes Wölkchen. »Siehst du«, sprach der junge Dichter zu seiner Geliebten, »siehst du dort oben jene kleine bleiche Scheibe? Der Fluß hier neben uns, worin sie sich abspiegelt, scheint nur aus Mitleiden ihr ärmliches Abbild auf seinen stolzen Fluten zu tragen, und die gekräuselten Wellen werfen es zuweilen spottend ans Ufer. Aber laß nur den alten Tag verdämmern! Sobald die Dunkelheit anbricht, erglüht droben jene blasse Scheibe immer herrlicher und herrlicher, der ganze Fluß wird überstrahlt von ihrem Lichte, und die Wellen, die vorhin so wegwerfend übermütig, erschauern jetzt bei dem Anblick dieses glänzenden Gestirns und schwellen ihm entgegen mit Wollust.«

In den Werken der Dichter muß man ihre Geschichte suchen, und hier findet man ihre geheimsten Bekenntnisse. Überall, mehr noch in seinen Dramen als im Don Quixote, sehen wir, was ich bereits erwähnt habe, daß Cervantes lange Zeit Soldat war. In der Tat, das römische Wort: »Leben heißt Krieg führen!« findet auf ihn seine doppelte Anwendung. Als gemeiner Soldat kämpfte er in den meisten jener wilden Waffenspiele, die König Philipp II. zur Ehre Gottes und seiner eigenen Lust in allen Landen aufführte. Dieser Umstand, daß Cervantes dem größten Kämpen des Katholizismus seine ganze Jugend gewidmet, daß er für die katholischen Interessen persönlich gekämpft, läßt vermuten, daß diese Interessen ihm auch teuer am Herzen lagen, und widerlegt wird dadurch jene vielverbreitete Meinung, daß nur die Furcht vor der Inquisition ihn abgehalten habe, die protestantischen Zeitgedanken im Don Quixote zu besprechen. Nein, Cervantes war ein getreuer Sohn der römischen Kirche, und nicht bloß blutete sein Leib im ritterlichen Kampfe für ihre gebenedeite Fahne, sondern er litt für sie auch mit seiner ganzen Seele das peinlichste Märtyrtum während seiner langjährigen Gefangenschaft unter den Ungläubigen.

Dem Zufall verdanken wir mehr Details über das Treiben des Cervantes zu Algier, und hier erkennen wir in dem großen Dichter einen ebensogroßen Helden. Die Gefangenschaftsgeschichte widerspricht aufs glänzendste der melodischen Lüge jenes glatten Lebemannes, der dem Augustus und allen deutschen Schulfüchsen weisgemacht hat, er sei ein Dichter, und Dichter seien feige. Nein, der wahre Dichter ist auch ein wahrer Held, und in seiner Brust wohnt die Geduld, die, wie der Spanier sagt, ein zweiter Mut ist. Es gibt kein erhabeneres Schauspiel als den Anblick jenes edlen Kastilianers, der dem Bei zu Algier als Sklave dient, beständig auf Befreiung sinnt, seine kühnen Pläne unermüdlich vorbereitet, allen Gefahren ruhig entgegenblickt und, wenn das Unternehmen scheitert, lieber Tod und Folter ertrüge, als daß er nur mit einer Silbe die Mitschuldigen verriete. Der blutgierige Herr seines Leibes wird entwaffnet von so viel Großmut und Tugend, der Tiger schont den gefesselten Löwen und zittert vor dem schrecklichen Einarm, den er doch mit einem Worte in den Tod schicken könnte. Unter dem Namen »der Einarm« ist Cervantes in ganz Algier bekannt, und der Bei gesteht, daß er ruhig schlafen könne und der Ruhe seiner Stadt, seiner Armee und seiner Sklaven versichert sei, wenn er nur den einhändigen Spanier in festem Gewahrsam wisse.

Ich habe erwähnt, daß Cervantes beständig gemeiner Soldat war; aber da er sogar in so untergeordneter Stellung sich auszeichnen und namentlich seinem großen Feldherrn Don Juan d'Austria bemerkbar machen konnte, so erhielt er, als er aus Italien nach Spanien zurückkehren wollte, die rühmlichsten Zeugnisbriefe für den König, dem seine Beförderung darin nachdrücklich empfohlen ward. Als nun die algierischen Korsaren, die ihn auf dem mittelländischen Meere gefangennahmen, diese Briefe sahen, hielten sie ihn für eine Person von äußerst bedeutendem Stande, und forderten deshalb ein so erhöhtes Lösegeld, daß seine Familie, trotz aller Mühen und Opfer, ihn nicht loszukaufen vermochte, und der arme Dichter dadurch desto länger und qualsamer in der Gefangenschaft gehalten wurde. So ward sogar die Anerkennung seiner Vortrefflichkeit für ihn nur eine neue Quelle des Unglücks, und so bis ans Ende seiner Tage spottete seiner jenes grausame Weib, die Göttin Fortuna, die es dem Genius nie verzeiht, daß er auch ohne ihre Gönnerschaft zu Ruhm und Ehr gelangen kann.

Aber ist das Unglück des Genius immer nur das Werk eines blinden Zufalls, oder entspringt es als Notwendigkeit aus seiner innern Natur und der Natur seiner Umgebung? Tritt seine Seele in Kampf mit der Wirklichkeit, oder beginnt die rohe Wirklichkeit einen ungleichen Kampf mit seiner edlen Seele?

Die Gesellschaft ist eine Republik. Wenn der einzelne emporstrebt, drängt ihn die Gesamtheit zurück durch Ridikül und Verlästerung. Keiner soll tugendhafter und geistreicher sein als die übrigen. Wer aber durch die unbeugsame Gewalt des Genius hinausragt über das banale Gemeindemaß, diesen trifft der Ostrazismus der Gesellschaft, sie verfolgt ihn mit so gnadenloser Verspottung und Verleumdung, daß er sich endlich zurückziehen muß in die Einsamkeit seiner Gedanken.

Ja, die Gesellschaft ist ihrem Wesen nach republikanisch. Jede Fürstlichkeit ist ihr verhaßt, die geistige ebensosehr wie die materielle. Letztere stützt nicht selten auch die erstere mehr, als man gewöhnlich ahnt. Gelangten wir doch selber zu dieser Einsicht bald nach der Juliusrevolution, als der Geist des Republikanismus in allen gesellschaftlichen Verhältnissen sich kund gab. Der Lorbeer eines großen Dichters war unsern Republikanern ebenso verhaßt, wie die Purpur eines großen Königs. Auch die geistigen Unterschiede der Menschen wollten sie vertilgen, und indem sie alle Gedanken, die auf dem Territorium des Staates entsprossen, als bürgerliches Gemeingut betrachteten, blieb ihnen nichts mehr übrig, als auch die Gleichheit des Stils zu dekretieren. Und in der Tat, ein guter Stil wurde als etwas Aristokratisches verschrieen, und vielfach hörten wir die Behauptung: »Der echte Demokrat schreibt wie das Volk, herzlich, schlicht und schlecht.« Den meisten Männern der Bewegung gelang dieses sehr leicht; aber nicht jedem ist es gegeben, schlecht zu schreiben, zumal wenn man sich zuvor das Schönschreiben angewöhnt hatte, und da hieß es gleich: »Das ist ein Aristokrat, ein Liebhaber der Form, ein Freund der Kunst, ein Feind des Volks.« Sie meinten es gewiß ehrlich, wie der heilige Hieronoymus, der seinen guten Stil für eine Sünde hielt und sich weidlich dafür geißelte.

Ebensowenig wie antikatholische finden wir auch antiabsolutistische Klänge in Don Quixote. Kritiker, welche dergleichen darin wittern, sind offenbar im Irrtum. Cervantes war der Sohn einer Schule, welche den unbedingten Gehorsam für den Oberherrn sogar poetisch idealisiert hatte. Und dieser Oberherr war König von Spanien, zu einer Zeit, wo die Majestät desselben die ganze Welt überstrahlte. Der gemeine Soldat fühlte sich im Lichtstrahl jener Majestät und opferte gern seine individuelle Freiheit für solche Befriedigung des kastilianischen Nationalstolzes.

Die politische Größe Spaniens zu jener Zeit mochte nicht wenig das Gemüt seiner Schriftsteller erhöhen und erweitern. Auch im Geiste eines spanischen Dichters ging die Sonne nicht unter wie im Reiche Karl's V. Die wilden Kämpfe mit den Morisken waren beendigt, und wie nach einem Gewitter die Blumen am stärksten duften, so erblüht die Poesie immer am herrlichsten nach einem Bürgerkrieg. Dieselbe Erscheinung sehen wir in England zur Zeit der Elisabeth, und gleichzeitig mit Spanien entsprang dort eine Dichterschule, die zu merkwürdigen Vergleichungen auffordert. Dort sehen wir Shakespeare, hier Cervantes als die Blüte der Schule.

Wie die spanischen Dichter unter den drei Philippen, so haben auch die englischen unter der Elisabeth eine gewisse Familienähnlichkeit, und weder Shakespeare noch Cervantes können auf Originalität in unserem Sinne Anspruch machen. Sie unterscheiden sich von ihren Zeitgenossen keineswegs durch besonderes Fühlen und Denken oder besondere Darstellungsart, sondern nur durch bedeutendere Tiefe, Innigkeit, Zärte und Kraft; ihre Dichtungen sind mehr durchdrungen und umflossen vom Äther der Poesie.

Aber beide Dichter sind nicht bloß die Blüte ihrer Zeit, sondern sie waren auch die Wurzel der Zukunft. Wie Shakespeare durch den Einfluß seiner Werke, namentlich auf Deutschland und das heutige Frankreich, als der Stifter der späteren dramatischen Kunst zu betrachten ist, so müssen wir in Cervantes den Stifter des modernen Romans verehren. Hierüber erlaube ich mir einige flüchtige Bemerkungen.

Der ältere Roman, der sogenannte Ritterroman, entsprang aus der Poesie des Mittelalters; er war zuerst eine prosaische Bearbeitung jener epischen Gedichte, deren Helden zum Sagenkreise Karl's des Großen und des heiligen Grals gehörten; immer bestand der Stoff aus ritterlichen Abenteuern. Es war der Roman des Adels, und die Personen, die darin agierten, waren entweder fabelhafte Phantasiegebilde oder Reiter mit goldenen Sporen; nirgends eine Spur von Volk. Diese Ritterromane, die in der absurdesten Weise ausarteten, stürzte Cervantes durch seinen Don Quixote. Aber indem er eine Satire schrieb, die den ältern Roman zugrunde richtete, lieferte er selber wieder das Vorbild zu einer neuen Dichtungsart, die wir den modernen Roman nennen. So pflegen immer große Poeten zu verfahren; sie begründen zugleich etwas Neues, indem sie das Alte zerstören; sie negieren nie, ohne etwas zu bejahen. Cervantes stiftete den modernen Roman, indem er in den Ritterroman die getreue Schilderung der niederen Klassen einführte, indem er ihm das Volksleben beimischte. Die Neigung, das Treiben des gemeinsten Pöbels, des verworfensten Lumpenpacks zu beschreiben, gehört nicht bloß dem Cervantes, sondern der ganzen literarischen Zeitgenossenschaft, und sie findet sich, wie bei den Poeten, so auch bei den Malern des damaligen Spanien; ein Murillo, der dem Himmel die heiligsten Farben stahl, womit er seine schönen Madonnen malte, konterfeite mit derselben Liebe auch die schmutzigsten Erscheinungen dieser Erde. Es war vielleicht die Begeisterung für die Kunst selber, wenn diese edeln Spanier manchmal an der treuen Abbildung eines Betteljungen, der sich laust, dasselbe Vergnügen empfanden, wie an der Darstellung der hochgebenedeiten Jungfrau. Oder war es der Reiz des Kontrastes, welcher eben die vornehmsten Edelleute, einen geschniegelten Hofmann wie Quevedo oder einen mächtigen Minister wie Mendoza, antrieb, ihre zerlumpten Bettler- und Gaunerromane zu schreiben; sie wollten sich vielleicht aus der Eintönigkeit ihrer Standesumgebung durch die Phantasie in eine entgegengesetzte Lebenssphäre versetzen, wie wir dasselbe Bedürfnis bei manchen deutschen Schriftstellern finden, die ihre Romane nur mit Schilderungen der vornehmen Welt füllen und ihre Helden immer zu Grafen und Baronen machen. Bei Cervantes finden wir noch nicht diese einseitige Richtung, das Unedle ganz abgesondert darzustellen; er vermischt nur das Ideale mit dem Gemeinen, das eine dient dem andern zur Abschattung oder zur Beleuchtung, und das adeltümliche Element ist darin noch ebenso mächtig wie das volkstümliche. Dieses adeltümliche, chevalereske, aristokratische Element verschwindet aber ganz in dem Roman der Engländer, die den Cervantes zuerst nachgeahmt und ihn bis auf den heutigen Tag immer als Vorbild vor Augen haben. Es sind prosaische Naturen, diese englischen Romandichter seit Richardson's Regierung, der prüde Geist ihrer Zeit widerstrebt sogar aller kernigen Schilderung des gemeinen Volkslebens, und wir sehen jenseits des Kanals jene bürgerlichen Romane entstehen, worin das nüchterne Kleinleben der Bourgeoisie sich abspiegelt. Diese klägliche Lektüre überwässerte das englische Publikum bis auf die letzte Zeit, wo der große Schotte auftrat, der im Roman eine Revolution oder eigentlich eine Restauration bewirkte. Wie nämlich Cervantes das demokratische Element in den Roman hineinbrachte, als darin nur das einseitig rittertümliche herrschend war, so brachte Walter Scott in den Roman wieder das aristokratische Element zurück, als dieses gänzlich darin erloschen war, und nur prosaische Spießbürgerlichkeit dort ihr Wesen trieb. Durch ein entgegengesetztes Verfahren hat Walter

Scott dem Roman jenes schöne Ebenmaß wieder gegeben, welches wir im Don Quixote des Cervantes bewundern.

Ich glaube, in dieser Beziehung ist das Verdienst des zweiten großen Dichters Englands noch nie anerkannt worden. Seine toryschen Neigungen, seine Vorliebe für die Vergangenheit waren heilsam für die Literatur, für jene Meisterwerke seines Genius, die überall sowohl Anklang als Nachahmung fanden und die aschgrauen Schemen des bürgerlichen Romans in die dunkleren Winkel der Leihbibliotheken verdrängten. Es ist ein Irrtum, wenn man Walter Scott nicht als den Begründer des sogenannten historischen Romans ansehen will und letztern von deutschen Anregungen herleitet. Man verkennt, daß das Charakteristische der historischen Romane eben in der Harmonie des aristokratischen und demokratischen Elements besteht, daß Walter Scott diese Harmonie, welche während der Alleinherrschaft des demokratischen Elements gestört war, durch die Wiedereinsetzung des aristokratischen Elements aufs schönste herstellte, statt daß unsere deutschen Romantiker das demokratische Element in ihren Romanen gänzlich verleugneten und wieder in das aberwitzige Gleise des Ritterromans, der vor Cervantes blühte, zurückkehrten. Unser de la Motte Fouqué ist nichts als ein Nachzügler jener Dichter, die den »Amadis von Gallien« und ähnliche Abenteuerlichkeiten zur Welt gebracht, und ich bewundere nicht bloß das Talent, sondern auch den Mut, womit der edle Freiherr zweihundert Jahre nach dem Erscheinen des Don Quixote seine Ritterbürger geschrieben hat. Es war eine sonderbare Periode in Deutschland, als letztere erschienen und das Publikum daran Gefallen fand. Was bedeutete in der Literatur diese Vorliebe für das Rittertum und die Bilder der alten Feudalzeit? Ich glaube, das deutsche Volk wollte auf immer Abschied nehmen von dem Mittelalter; aber gerührt, wie wir es leicht sind, nahmen wir Abschied mit einem Kusse. Wir drückten zum letzten Male unsere Lippen auf die alten Leichensteine. Mancher von uns freilich gebärdete sich dabei höchst närrisch. Ludwig Tieck, der kleine Junge der Schule, grub die toten Voreltern aus dem Grabe heraus, schaukelte ihren Sarg, als wär' es eine Wiege, und mit aberwitzig kindischem Lallen sang er dabei: »Schlaf, Großväterchen, schlafe!«

Ich habe Walter Scott den zweiten großen Dichter Englands und seine Romane Meisterwerke genannt. Aber nur seinem Genius wollte ich das höchste Lob erteilen. Seine Romane selbst kann ich dem großen Roman des Cervantes keineswegs gleichstellen. Dieser übertrifft ihn an epischem Geist. Cervantes war, wie ich schon erwähnt habe, ein katholischer Dichter, und dieser Eigenschaft verdankt er vielleicht jene große epische Seelenruhe, die wie ein Kristallhimmel seine bunten Dichtungen überwölbt; nirgends eine Spalte des Zweifels. Dazu kömmt noch die Ruhe des spanischen Nationalcharakters. Walter Scott aber gehört einer Kirche, welche selbst die göttlichen Dinge einer scharfen Diskussion unterwirft; als Advokat und Schotte ist er gewöhnt an Handlung und Diskussion, und, wie in seinem Geiste und Leben, so ist auch in seinen Romanen das Dramatische vorherrschend. Seine Werke können daher nimmermehr als reines Muster jener Dichtungsart, die wir Roman nennen, betrachtet werden. Den Spaniern gebührt der Ruhm, den besten Roman hervorgebracht zu haben, wie man den Engländern den Ruhm zusprechen muß, daß sie im Drama das Höchste geleistet.

Und den Deutschen, welche Palme bleibt ihnen übrig? Nun, wir sind die besten Liederdichter dieser Erde: Kein Volk besitzt so schöne Lieder wie die Deutschen. Jetzt haben die Völker allzu viele politische Geschäfte; wenn aber diese einmal abgetan sind, wollen wir Deutsche, Briten, Spanier, Franzosen, Italiener, wir wollen alle hinausgehen in den grünen Wald und singen, und die Nachtigall soll Schiedsrichterin sein. Ich bin überzeugt, bei diesem Wettgesange wird das Lied von Wolfgang Goethe den Preis gewinnen.

Cervantes, Shakespeare und Goethe bilden das Dichter-Triumvirat, das in den drei Gattungen poetischer Darstellung, im Epischen, Dramatischen und Lyrischen das Höchste hervorgebracht. Vielleicht ist der Schreiber dieser Blätter besonders befugt, unsern großen Landsmann als den vollendetsten Liederdichter zu preisen. Goethe steht in der Mitte zwischen den beiden Ausartungen des Liedes, jenen zwei Schulen, wovon die eine leider mit einem eigenen Namen, die andere mit dem Namen Schwabens bezeichnet wird. Beide freilich haben ihre Verdienste: sie förderten indirekter Weise das Gedeihen der deutschen Poesie. Der erstere bewirkte eine heilsame Reaktion gegen den einseitigen Idealismus im deutschen Liede, sie führte den Geist zurück zur starken Realität und entwurzelte jenen sentimentalen Petrarchismus, der uns immer als eine lyrische Donquixoterie erschienen ist. Die schwäbische

Schule wirkte ebenfalls indirekt zum Heile der deutschen Poesie. Wenn in Norddeutschland kräftig gesunde Dichtungen zum Vorschein kommen konnten, so verdankt man dieses vielleicht der schwäbischen Schule, die alle kränkliche, bleichsüchtige, fromm gemütliche Feuchtigkeiten der deutschen Muse an sich zog. Stuttgart war gleichsam die Fontanelle der deutschen Muse.

Indem ich die höchsten Leistungen im Drama, im Roman und im Liede dem erwähnten großen Triumvirate zuschreibe, bin ich weit davon entfernt, an dem poetischen Werte anderer großer Dichter zu mäkeln. Nichts ist törichter als die Frage: welcher Dichter größer sei als der andere? Flamme ist Flamme, und ihr Gewicht läßt sich nicht bestimmen nach Pfund und Unze. Nur platter Krämersinn kommt mit seiner schäbigen Käsewaage und will den Genius wägen. Nicht bloß die alten, sondern auch manche neuere haben Dichtungen geliefert, worin die Flamme der Poesie ebenso prachtvoll lodert wie in den Meisterwerken von Shakespeare, Cervantes und Goethe. Jedoch diese Namen halten zusammen, wie durch ein geheimes Band. Es strahlt ein verwandter Geist aus ihren Schöpfungen; es weht darin eine ewige Milde, wie der Atem Gottes; es blüht darin die Bescheidenheit der Natur. Wie an Shakespeare, erinnert Goethe auch beständig an Cervantes, und diesem ähnelt er bis in die Einzelheiten des Stils, in jener behaglichen Prosa, die von der süßesten und harmlosesten Ironie gefärbt ist. Cervantes und Goethe gleichen sich sogar in ihren Untugenden, in der Weitschweifigkeit der Rede, in jenen langen Perioden, die wir zuweilen bei ihnen finden, und die einem Aufzug königlicher Equipagen vergleichbar. Nicht selten sitzt nur ein einziger Gedanke in so einer breitausgedehnten Periode, die wie eine große vergoldete Hofkutsche mit sechs panachierten Pferden gravitätisch dahinfährt. Aber dieser einzige Gedanke ist immer etwas Hohes, wo nicht gar der Souverän.

Über den Geist des Cervantes und den Einfluß seines Buches habe ich nur mit wenigen Andeutungen reden können. Über den eigentlichen Kunstwert seines Romans kann ich mich hier noch weniger verbreiten, indem Erörterungen zur Sprache kämen, die allzu weit ins Gebiet der Ästhetik hinabführen würden. Ich darf hier auf die Form seines Romans und die zwei Figuren, die den Mittelpunkt desselben bilden, nur im allgemeinen aufmerksam machen. Die Form ist nämlich die der Reisebeschreibung, wie solches von jeher die natürlichste Form für diese Dichtungsart. Ich erinnere hier nur an den goldenen Esel des Apulejus, den ersten Roman des Altertums. Der Einförmigkeit dieser Form haben die späteren Dichter durch das, was wir heute Fabel des Romanes nennen, abzuhelfen gesucht. Aber wegen Armut an Erfindung haben jetzt die meisten Romanschreiber ihre Fabeln von einander geborgt, wenigstens haben die einen mit wenig Modifikationen immer die Fabeln der andern benutzt, und durch die dadurch entstehende Wiederkehr derselben Charaktere, Situationen und Verwicklungen ward dem Publikum am Ende die Romanlektüre einigermaßen verleidet. Um sich vor der Langweiligkeit abgedroschener Romanfabeln zu retten, flüchtete man sich für einige Zeit in die uralte, ursprüngliche Form der Reisebeschreibung. Diese wird aber wieder ganz verdrängt, sobald ein Originaldichter mit neuen, frischen Romanfabeln auftritt. In der Literatur, wie in der Politik, bewegt sich alles nach dem Gesetz der Aktion und Reaktion.

Was nun jene zwei Gestalten betrifft, die sich Don Quixote und Sancho Pansa nennen, sich beständig paradieren und doch so wunderbar ergänzen, daß sie den eigentlichen Helden des Romans bilden, so zeugen sie im gleichen Maße von dem Kunstsinn, wie von der Geistestiefe des Dichters. Wenn andere Schriftsteller, in deren Roman der Held nur als einzelne Person durch die Welt zieht, zu Monologen, Briefen und Tagebüchern ihre Zuflucht nehmen müssen, um die Gedanken und Empfindungen des Helden kund zu geben, so kann Cervantes überall einen natürlichen Dialog hervortreten lassen; und indem die eine Figur immer die Rede der andern parodiert, tritt die Intention des Dichters um so sichtbarer hervor. Vielfach nachgeahmt wird seitdem die Doppelfigur, die dem Roman des Cervantes eine so kunstvolle Natürlichkeit verleiht, und aus deren Charakter, wie aus einem einzigen Kern, der ganze Roman mit all seinem wilden Laubwerk, seinen duftigen Blüten, strahlenden Früchten und Affen und Wundervögeln, die sich auf den Zweigen wiegen, gleich einem indischen Riesenbaum sich entfaltet.

Aber es wäre ungerecht, hier alles auf Rechnung sklavischer Nachahmung zu setzen; sie lag so nahe, die Einführung solcher zwei Figuren, wie Don Quixote und Sancho Pansa, wovon die eine, die poetische, auf Abenteuer zieht, und die andere, halb aus Anhänglichkeit, halb aus Eigennutz, hinterdrein läuft durch Sonnenschein und Regen, wie wir selber sie oft im Leben begegnet haben. Um dieses Paar unter den verschiedenartigsten Vermummungen überall wieder zu erkennen, in der Kunst wie im Leben, muß man freilich nur das Wesentliche, die geistige Signatur, nicht das Zufällige ihrer äußern Erscheinung ins Auge fassen. Der Beispiele könnte ich unzählige anführen. Finden wir Don Quixote und Sancho Pansa nicht ebensogut in den Gestalten Don Juan's und Leporello's, wie etwa in der Person Lord Byron's und seines Bedienten Fletcher? Erkennen wir dieselben zwei Typen und ihr Wechselverhältnis nicht in der Gestalt des Ritters von Waldsee und seines Kaspar Larifari ebensogut, wie in der Gestalt von so manchem Schriftsteller und seinem Buchhändler, welcher letztere die Narrheiten seines Autors wohl einsieht, aber dennoch, um reellen Vorteil daraus zu ziehen, ihn getreusam auf allen seinen idealen Irrfahrten begleitet. Und der Herr Verleger Sancho, wenn er auch manchmal nur Püffe bei diesem Geschäfte gewinnt, bleibt doch immer fett, während der edle Ritter täglich immer mehr und mehr abmagert.

Aber nicht bloß unter Männern, sondern auch unter Frauenzimmern habe ich öfters die Typen Don Quixote's und seines Schildknappen wiedergefunden. Namentlich erinnere ich mich einer schönen Engländerin, einer schwärmerischen Blondine, die mit ihrer Freundin aus einer Londoner Mädchenpension entsprungen war und die ganze Welt durchziehen wollte, um ein so edles Männerherz zu suchen, wie sie es in sanften Mondscheinnächten geträumt hatte. Die Freundin, eine untersetzte Brünette, hoffte bei dieser Gelegenheit, wenn auch nicht etwas ganz apartes Ideale, doch wenigstens einen Mann von gutem Aussehen zu erbeuten. Ich sehe sie noch, mit ihren liebesüchtigen blauen Augen, die schlanke Gestalt, wie sie am Strande von Brighton weit über das flutende Meer nach der französischen Küste hinüber schmachtete ... Ihre Freundin knackte unterdessen Haselnüsse, freute sich des süßen Kerns und warf die Schalen ins Wasser.

Jedoch weder in den Meisterwerken anderer Künstler noch in der Natur selber finden wir die erwähnten beiden Typen in ihrem Wechselverhältnisse so genau ausgeführt wie bei Cervantes. Jeder Zug im Charakter und der Erscheinung des einen entspricht hier einem entgegengesetzten und doch verwandten Zuge bei dem andern. Hier hat jede Einzelheit eine parodistische Bedeutung. Ja, sogar zwischen Rosinanten und Sancho's Grauchen herrscht derselbe ironische Parallelismus, wie zwischen dem Knappen und seinem Ritter, und auch die beiden Tiere sind gewissermaßen die symbolischen Träger derselben Ideen. Wie in ihrer Denkungsart, so offenbaren Herr und Diener auch in ihrer Sprache die merkwürdigsten Gegensätze, und hier kann ich nicht umhin, der Schwierigkeiten zu erwähnen, welche der Übersetzer zu überwinden hatte, der die hausbackene, knorrige, niedrige Sprechart des guten Sancho ins Deutsche übertrug. Durch seine gehackte, nicht selten unsaubere Sprichwörtlichkeit mahnt der gute Sancho ganz den Narren des Königs Salomon, an Markulf, der ebenfalls einem pathetischen Idealismus gegenüber das Erfahrungswissen des gemeinen Volkes in kurzen Sprüchen vorträgt. Don Quixote hingegen redet die Sprache der Bildung, des höheren Standes, und auch in der Grandezza des wohlgegründeten Periodenbaues repräsentiert er den vornehmen Hidalgo. Zuweilen ist dieser Periodenbau allzuweit ausgesponnen, und die Sprache des Ritters gleicht einer stolzen Hofdame in aufgebauschtem Seidenkleid, mit langer rauschender Schleppe. Aber die Grazien, als Pagen verkleidet, tragen lächelnd einen Zipfel dieser Schleppe; die langen Perioden schließen mit den anmutigsten Wendungen.

Den Charakter der Sprache Don Quixote's und Sancho Pansa's resumieren wir in den Worten: der erstere, wenn er redet, scheint immer auf seinem hohen Pferde zu sitzen, der andere spricht, als säße er auf seinem niedrigen Esel.

Mir bliebe noch übrig, von den Illustrationen zu sprechen, die ich hier bevorworte, ausgeschmückt hat. Diese Ausgabe ist das erste der schönen Literatur angehörige Buch, das in Deutschland auf diese Weise verziert ans Licht tritt. In England und namentlich in Frankreich sind dergleichen Illustrationen an der Tagesordnung und finden fast enthusiastischen Beifall. Deutsche Gewissenhaftigkeit und Gründlichkeit wird aber gewiß die Frage aufwerfen: Sind den Interessen wahrer Kunst dergleichen Illustrationen förderlich? Ich glaube nicht. Zwar zeigen sie, wie die geistreich und leicht schaffende Hand eines Malers die Gestalten des Dichters auffaßt und wiedergibt; sie bieten auch für die etwaige Ermüdung durch die Lektüre eine angenehme Unterbrechung; aber sie sind ein Zeichen mehr, wie die Kunst, herabgezerrt von dem Piedestale ihrer

Selbständigkeit, zur Dienerin des Luxus entwürdigt wird. Und dann ist hier für den Künstler nicht bloß die Gelegenheit und Verführung, sondern sogar die Verpflichtung, seinen Gegenstand nur flüchtig zu berühren, ihn beileibe nicht zu erschöpfen. Die Holzschnitte in alten Büchern dienten anderen Zwecken und können mit diesen Illustrationen nicht verglichen werden.

Die Illustrationen der vorliegenden Ausgabe sind nach Zeichnungen von Tony Johannot von den ersten Holzschneidern Englands und Frankreichs geschnitten. Sie sind, wie es schon Tony Johannot's Name verbürgt, ebenso elegant als charakteristisch aufgefaßt und gezeichnet; trotz der Flüchtigkeit der Behandlung sieht man, wie der Künstler in den Geist des Dichters eingedrungen ist. Sehr geistreich und phantastisch sind die Initialen und Culs-de-Lampe erfunden, und gewiß mit tiefsinnig poetischer Intention hat der Künstler zu den Verzierungen meistens moreske Dessins gewählt. Sehen wir ja doch die Erinnerung an die heitere Maurenzeit wie einen schönen fernen Hintergrund überall im Don Quixote hervorschimmern. – Tony Johannot, einer der vortrefflichsten und bedeutendsten Künstler in Paris, ist ein Deutscher von Geburt.

Auffallend ist es, daß ein Buch, welches so reich an pittoreskem Stoff wie der Don Quixote noch keinen Maler gefunden hat, der daraus Sujets zu einer Reihe selbständiger Kunstwerke entnommen hätte. Ist der Geist des Buches etwa zu leicht und phantastisch, als daß nicht unter der Hand des Künstlers der bunte Farbenstaub entflöhe? Ich glaube nicht. Denn der Don Quixote, so leicht und phantastisch er ist, fußt auf derber, irdischer Wirklichkeit, wie das ja sein mußte, um ihn zu einem Volksbuche zu machen. Ist es etwa, weil hinter den Gestalten, die uns der Dichter vorführt, tiefere Ideen liegen, die der bildende Künstler nicht wiedergeben kann, so daß er nur die äußere Erscheinung, wie saillant sie auch vielleicht sei, nicht aber den tieferen Sinn festhalten und reproduzieren könnte? Das ist wahrscheinlich der Grund. – Versucht haben sich übrigens viele Künstler an Zeichnungen zum Don Quixote. Was ich von englischen, spanischen und früheren französischen Arbeiten dieser Art gesehen habe, war abscheulich. Was deutsche Künstler betrifft, so muß ich hier an unseren großen Daniel Chodowiecki erinnern. Er hat eine Reihe Darstellungen zum Don Quixote gezeichnet, die, von Berger in Chodowiecki's Sinn radiert, die Bertuch'sche Übersetzung begleiteten. Es sind vortreffliche Sachen darunter. Der falsche theatralisch-konventionelle Begriff, den der Künstler, wie seine übrigen Zeitgenossen, vom spanischen Kostüme hatte, hat ihm sehr geschadet. Man sieht aber überall, daß Chodowiecki den Don Quixote vollkommen verstanden hat. Das hat mich gerade bei diesem Künstler gefreut und war mir um seinetwillen wie des Cervantes wegen lieb. Denn es ist mir immer angenehm, wenn zwei meiner Freunde sich lieben, wie es mich auch stets freut, wenn zwei meiner Feinde auf einander losschlagen. Chodowiecki's Zeit, als Periode einer sich erst bildenden Literatur, die der Begeisterung noch bedurfte und Satire ablehnen mußte, war dem Verständnisse des Don Quixote eben nicht günstig, und da zeugt es denn für Cervantes, daß seine Gestalten damals dennoch verstanden wurden und Anklang fanden, wie es für Chodowiecki zeugt, daß er Gestalten wie Don Quixote und Sancho Pansa begriff, er, welcher mehr als vielleicht je ein anderer Künstler das Kind seiner Zeit war, in ihr wurzelte, nur ihr angehörte, von ihr getragen, verstanden und anerkannt wurde.

Von neusten Darstellungen zum Don Quixote erwähne ich mit Vergnügen einige Skizzen von Decamps, dem originellsten aller lebenden französischen Maler. – Aber nur ein Deutscher kann den Don Quixote ganz versehen, und das fühlte ich dieser Tage in erfreutester Seele, als ich an den Fenstern eines Bilderladens auf dem Boulevard Montmartre ein Blatt sah, welches den edlen Manchaner in seinem Studierzimmer darstellt und nach Adolf Schröter, einem großen Meister, gezeichnet ist.

Geschrieben zu Paris, im Karneval 1837
Heinrich Heine

Vorwort zu A. Weill's »Sittengemälden aus dem elsässischen Volksleben«

(1847)

Herr A. Weill, der Verfasser der elsässischen Idyllen, denen wir einige Geleitzeilen widmen, behauptet, daß er der erste gewesen, der dieses Genre auf den deutschen Büchermarkt gebracht. Es hat mit dieser Behauptung vollkommen seine Richtigkeit, wie uns Freunde versichern, die sich zugleich dahin aussprechen, als habe der erwähnte Autor nicht bloß die ersten, sondern auch die besten Dorfnovellen geschrieben. Unbekanntschaft mit den Meisterwerken der Tagesschriftstellerei jenseits des Vater Rheins hindert uns, hierüber ein selbständig eignes Urteil zu fällen.

Dem Genre selbst, der Dorfnovellistik, möchten wir übrigens keine bedeutende Stellung in der Literatur anweisen, und was die Priorität der Hervorbringung betrifft, so überschätzen wir ebenfalls nicht dieses Verdienst. Die Hauptsache ist und bleibt, daß die Arbeit, die uns vorliegt, in ihrer Art gut und gelungen ist, und in dieser Beziehung zollen wir ihr das ehrlichste Lob und die freundlichste Anerkennung.

Herr Weill ist freilich keiner jener Dichter, die mit angeborener Begabnis für plastische Gestaltung ihre stillsinnig harmonische Kunstgebilde schaffen, aber er besitzt dagegen in übersprudelnder Fülle eine seltene Ursprünglichkeit des Fühlens und Denkens, ein leicht erregbares enthusiastisches Gemüt und eine Lebhaftigkeit des Geistes, die ihm im Erzählen und Schildern ganz wunderbar zustatten kommt und seinen literarischen Erzeugnissen den Charakter eines Naturprodukts verleiht. Er ergreift das Leben in jeder momentanen Äußerung, er ertappt es auf der Tat, und er selbst ist, sozusagen, ein passioniertes Daguerreotyp, das die Erscheinungswelt mehr oder minder glücklich und manchmal, nach den Launen des Zufalls, poetisch abspiegelt. Dieses merkwürdige Talent, oder, besser gesagt, dieses Naturell bekundet sich auch in den übrigen Schriften des Herrn Weill, namentlich in seinem jüngsten Geschichtsbuche über den Bauernkrieg und in seinen sehr interessanten, sehr pikanten und sehr tumultuarischen Aufsätzen, wo er für die große Sache unserer Gegenwart aufs löblich tollste Partei ergreift. Hier zeigt sich unser Autor mit allen seinen sozialen Tugenden und ästhetischen Gebrechen; hier sehen wir ihn in seiner vollen agitatorischen Pracht und Lückenhaftigkeit. Hier ist er ganz der zerrissene, europamüde Sohn der Bewegung, der die Unbehagnisse und Ekeltümer unserer heutigen Weltordnung nicht mehr zu ertragen weiß, und hinausgaloppiert in die Zukunft, auf dem Rücken einer Idee ...

Ja, solche Menschen sind nicht allein die Träger einer Idee, sondern sie werden selbst davon getragen, und zwar als gezwungene Reiter ohne Sattel und Zügel: sie sind gleichsam mit ihrem nackten Leibe festgebunden an die Idee, wie Mazeppa an seinem wilden Rosse auf den bekannten Bildern des Horace Vernet – sie werden davon fortgeschleift, durch alle fürchterliche Konsequenzen, durch alle Steppen und Einöden, über Stock und Stein – das Dornengestrüppe zerfleischt ihre Glieder – die Waldesbestien schnappen nach ihnen im Vorüberjagen – ihre Wunden bluten – Wo werden sie zuletzt anlangen? Unter donischen Kosaken, wie auf dem Vernet'schen Bilde? Oder an dem Goldgitter der glückseligen Gärten, wo da wandeln jene Götter ...

Wer sind jene Götter?

Ich weiß nicht, wie sie heißen, jedoch die großen Dichter und Weisen aller Jahrhunderte haben sie längst verkündigt. Sie sind jetzt noch geheimnisvoll verhüllt; aber in ahnenden Träumen wage ich es zuweilen, ihren Schleier zu lüften, und alsdann erblicke ich ... Ich kann es nicht aussprechen, denn bei diesem Anblick durchzuckt mich immer ein stolzer Schreck, und er lähmt meine Zunge. Ach! ich bin ja noch ein Kind der Vergangenheit, ich bin noch nicht geheilt von jener knechtischen Demut, jener knirschenden Selbstverachtung, woran das Menschengeschlecht seit anderthalb Jahrtausenden siechte, und die wir mit der aberglaubischen Muttermilch eingesogen ... Ich darf es nicht aussagen, was ich geschaut ... Aber unsere gesünderen Nachkommen werden in freudigster Ruhe ihre Göttlichkeit betrachten, bekennen und behaupten. Sie werden die Krankheit ihrer Väter kaum begreifen können. Es wird ihnen wie ein Märchen klingen, wenn sie hören, daß weiland die Menschen sich alle Genüsse dieser Erde versagten, ihren Leib kasteiten und ihren Geist verdumpften, Mädchenblüten und Jünglingsstolz abschlachten, beständig logen und greinten, das abgeschmackteste Elend duldeten ... ich brauche wohl nicht zu sagen, wem zu Gefallen.

In der Tat, unsere Enkel werden ein Ammenmärchen zu vernehmen meinen, wenn man ihnen erzählt, was wir geglaubt und gelitten! Und sie werden uns sehr bemitleiden! Wenn sie einst, eine freudige Götterversammlung, in ihren Tempelpalästen sitzen, um den Altar, den sie sich selber geweiht haben, und sich von alten Menschheitsgeschichten unterhalten, die schönen Enkel, dann erzählt vielleicht einer der Greise, daß es ein Zeitalter gab, in welchem ein Toter als Gott angebetet und durch ein schauerliches Leichenmahl gefeiert ward, wo man sich einbildete, das Brot, welches man esse, sei sein Fleisch, und der Wein, den man trinke, sei sein Blut. Bei dieser Erzählung werden die Wangen der Frauen erbleichen und die Blumenkränze sichtbar erbeben auf ihren schönlockichten Häuptern. Die Männer aber werden neuen Weihrauch auf den Herd-Altar streuen, um durch Wohlduft die düsteren, unheimlichen Erinnerungen zu verscheuchen.

Geschrieben zu Paris, am Karfreitage 1847
Heinrich Heine

Thomas Reynolds

(November 1841)

Waverley von Walter Scott ist männiglich bekannt, und während dieser Roman die rohe Menge durch stoffartiges Interesse unterhält, entzückt er den gebildeten Leser durch die Behandlung, durch eine Form, welche an Einfachheit unvergleichbar ist, und dennoch den größten Reichtum an Entfaltungen darbietet. An diese unübertreffliche, ergiebige Form erinnert uns das Buch, das unserer heutigen Besprechung vorliegt und von den hier lebenden Landsleuten des Verfassers so verschiedenartig beurteilt wird. Es ist voriges Jahr zugleich in London bei Longman und hier in Paris in der englischen Buchhandlung der Rue neuve St. Augustin erschienen und führt den Titel: »The life of Thomas Reynolds, Esq., by his son Thomas Reynolds.« Sonderbar! die oberwähnte Form, welche Scott dem feinsten Kalkül seines künstlerischen Talents verdankte, findet sich auch in diesem Buche, aber als ein Produkt der Natur, als ein ganz unmittelbares Ergebnis des Stoffes. Letzter ist hier, ganz wie in dem Scott'schen Roman, eine verunglückte Empörung, und wie bei dem Schilderheben der schottischen Hochländer, sehen wir auch hier in dem irischen Aufstand einen etwas schwachmütigen Helden, der fast passiv von den Ereignissen hin und her geschleudert wird; nur daß der große Dichter seinem Waverley durch die liebenswürdigsten Ausschmückungen die Sympathie der Leserwelt aufs reichlichste zuwandte, was leider der Biograph des Thomas Reynolds für diesen nicht tun konnte, eben weil er keinen Roman, sondern eine wahre Geschichte schrieb. Ja, er beschrieb das Leben seines Helden mit einer so unerquicksamen Wahrheitsliebe, er berichtet die peinlichsten Tatsachen in einer so grellen Nacktheit, daß den Leser dabei manchmal eine fast schauerliche Mißstimmung anwandelt. Es ist der Sohn, welcher hier das treue Bild seines Vaters zeichnet, aber selbst die unschönen Züge desselben so sehr liebt, daß er sie durch keine erlogene Zutat idealisieren und somit dem ganzen Porträt seine teure Ähnlichkeit rauben will. Er besitzt eine so hohe Meinung von dem Charakter seines Vaters, daß er es verschmäht, selbst die unrühmlichsten Handlungen einigermaßen zu verblümen; diese sind für ihn nur betrübsame Konsequenzen einer falschen Position, nicht des Willens. Es herrscht ein schrecklicher Stolz in diesem Buche, nichts soll verheimlicht, nichts soll bemäntelt werden; aber die Umstände, die seinen Vater in die verhängnisvolle Lage hineintrieben, die Motive seines Tuns und Lassens, die Verleumdungen des Parteigrolls will der Sohn beleuchten; und nach solcher Beleuchtung kann man in der Tat nicht mehr ein hartes Verdammnisurteil fällen über den Mann, welcher der revolutionären Sippschaft in Irland gegenüber eine gar gehässige Rolle spielte, aber jedenfalls, wir müssen es gestehen, seinem Vaterland einen großen Dienst leistete; denn die Häupter der Verschwörung hatten nichts Geringeres im Sinne, als mit Hilfe einer französischen Invasion Irland ganz loszureißen von dem großbritannischen Staatsverbande, der zwar damals, in den neunziger Jahren, wie noch jetzt, sehr drückend und jammervoll auf dem irländischen Volke lastete, ihm aber einst die unberechenbarsten Vorteile bieten wird, sobald die kleinen mittelalterlichen Zwiste geschlichtet, und Irland, Schottland und England auch geistig zu einem organischen Ganzen verschmolzen sein werden. Ohne solche Verschmelzung würden die Irländer eine sehr klägliche Rolle spielen in dem nächsten europäischen Völkerturnier; denn in allen Ländern, nach dem Beispiel Frankreichs, suchen die nachbarlichen und sprachverwandten Stämme sich zu vereinigen. Es bilden sich große, kompakte Staatenmassen, und wenn einst diese kolossalen Kämpen miteinander in die Schranken treten, streitend um die Welthegemonie, dann wird der beste Patriot in Dublin keinen Augenblick daran zweifeln, daß Thomas Reynolds seinem Lande einen großen Dienst leistete, als er die Pläne der Verschwörung, die Irland und England trennen wollten, verriet und mit seinem Zeugnis gegen sie auftrat. Zu dieser Stunde aber ist solche tolerante Beurteilung noch unmöglich in dem grünen Erin, wo die zwei feindlichen Parteien, die protestantisch britische und die katholisch nationale, noch immer so grimmig und trotzig sich gegenüber stehen wie in den neunziger Jahren, ja wie seit Wilhelm von Oranien, der den sogenannten Orange-Men seinen Namen hinterließ und von den Gegnern noch heute unerbittlich gehaßt wird; während erstere bei ihren Festmahlen dem Andenken König Wilhelm's die freudigsten Toaste bringen, trinken letztere auf die Gesundheit der stetigen Stute, durch welche König Wilhelm den Hals brach.

Müssen wir aber auf die Zukunft verweisen, um das, was Thomas Reynolds tat, notdürftig zu beschönigen, müssen wir, um sein Tun zu entschuldigen, unsere wärmsten Gefühle zurückdrängen, so können wir doch schon jetzt und mit freiem Herzen den schlimmsten Anklagen widersprechen, und wir sind davon überzeugt, daß die Motive seiner Tat keineswegs so häßlich waren, wie seine Feinde glaubten, daß er zwar die Verschwörung aufdeckte, keineswegs aber an den Personen der Verschwörer einen Verrat übte, am allerwenigsten an der Person des vortrefflichen Lord Edward Fitzgerald, wie Thomas Moore in der Biographie desselben unredlicherweise behauptete. Der Sohn hat bis zur Augenscheinlichkeit bewiesen, daß kein Geldvorteil seinen Vater veranlaßt haben konnte, die Partei der Regierung zu ergreifen, die im Gegenteil wenig für ihn tat und ihn für die Verluste nur kärglich entschädigte. In dieser Beziehung schirmt ihn auch das Zeugnis der vornehmsten Staatsmänner Englands, namentlich des Earl of Chichester, des Marquis Cambden und des Lord Castlereagh, welche damals an der Spitze der irischen Regierung standen. Diese rühme ihn wegen seiner Uneigennützigkeit, erklären sein Betragen für ehrenwert, versichern ihn ihrer Hochachtung – und wie wenig ich auch diese britischen Tories liebe, so zweifle ich doch nicht an ihrem Wort, denn ich weiß, sie sind viel zu hochmütig, als daß sie für einen bezahlten Verräter öffentlich lügen würden. Sie verachten alle Menschen, und doppelt verachten sie diejenigen, denen sie Geld gegeben, und gegen solche sind sie noch wortkarger. Aber nicht bloß die Höchstgestellten, sondern auch viele Landsleute geringeren Ranges sprachen Thomas Reynolds unbedingt frei von der Beschuldigung, als hab Gewinnsucht ihn geleitet. Die Kaufmannsgilde von Dublin erließ an ihn eine Adresse, welche voll ehrender Anerkennung und mit den Schmähungen seiner Feinde einen fast kosmischen Gegensatz bildet.

Wie Reynolds, der Sohn, durch die genauesten Details und die sinnreichsten Schlußfolgen bis zur Evidenz bewiesen, daß sein Vater nicht aus Eigennutz die Verschwörung verriet, so beweist er allenfalls bis zur Evidenz, daß er keineswegs an der Person der Verschwörer irgendeinen argen Verrat übte, und daß er, weit entfernt, die Gefangennahme des Lord Fitzgerald veranlaßt zu haben, im Gegenteil für die Rettung desselben die größte Sorge an den Tag legte und ihn auch mit Geld aufs redlichste unterstützte. Die Lebensbeschreibung Fitzgerald's, die wir der buntfarbigen Feder des Thomas Moore verdanken, scheint mehr Dichtung als Wahrheit zu enthalten, und mit Recht muß der Poet den Unwillen eines Sohnes ertragen, der die Verunglimpfung seines Vaters mit den schärfsten Stachelreden züchtigt. Thomas Little (wie man Thomas Moore ob seiner winzigen Gestalt zu nennen pflegt) bekommt hier sehr nachdrücklich die Rute, und es ist nicht zu verwundern, daß das Männchen, das auf die ganze Londoner Presse den größten Einfluß übt, alle seine Mittel in Bewegung setzte, um das Reynolds'sche Werk in der öffentlichen Meinung herabzuwürdigen. Sein Held Fitzgerald wird zwar hier von allem romantischen Nimbus entkleidet, aber er erscheint deshalb nicht minder heroisch, besonders bei seiner Gefangennahme, und ich will die darauf bezügliche Stelle hier mitteilen.

»Die folgende Erzählung von der Gefangennahme des Lord Edward Fitzgerald erhielt mein Vater von dem Herrn Sirr und dem Herrn Swann; ersterer ist noch am Leben und kann berichten, wo ich etwa irre. Es war am 18. Mai, als Herr Edward Cooke, damaliger Unterstaatssekretär, den Herrn Charles Sirr, Bürgermeister (*townmayor*), einen wackern, tätigen und verständigen Beamten, zu sich rufen ließ und ihm den Auftrag gab, den andern Tag zwischen 5 und 6 Uhr abends nach dem Hause eines gewissen Nikolaus Murphy zu gehen, welcher Feder- und Bauholzhändler in Thomasstreet; dort fände er den Lord Edward Fitzgerald, den er arretieren solle, laut dem Verhaftbefehl, den er ihm einhändigte. Herr Sirr traf schon denselben Abend hierzu die notwendigen Anstalten, und den nächsten Morgen besprach er sich über seinen Auftrag mit dem Herrn Swann und einem gewissen Herrn Ryan, zwei Magistratspersonen, denen er das höchste Vertrauen schenkte, und deren Mithilfe er in Anspruch nahm. Herr Ryan war damals Herausgeber einer Zeitung, worin einige sehr schmähsüchtige Ausfälle gegen Lord Edward abgedruckt worden, welche letztern mit großem Haß gegen Herrn Ryan erfüllten. Herr Sirr besorgte neun Mann von der Londonderry-Miliz, sämtlich wohluniformiert. Herr Stirling, jetzt Konsul zu Genna, und Dr. Bankhead, beide Offiziere jenes Regiments, begleiteten sie, ebenfalls in Uniform.

»Es ist eine merkwürdige Tatsache, daß Lord Edward erst in der Nacht am 18. Mai nach dem Hause der Murphy ging, und daß der Staatssekretär, noch ehe er hinging, von seiner Absicht, dorthin zugehen, so sicher unterrichtet war, daß er schon des Nachmittags dem Herrn Sirr die Instruktion und den Verhaftsbefehl geben konnte, also acht bis zehn Stunden vor Lord Edward's Ankunft.

Die Herren Sirr, Swann und Ryan nebst ihren Genossen begaben sich in zwei Mietkutschen nach dem Hause Murphy; Herr Sirr sorgte auch dafür, daß eine starke Kompagnie Militär, gleichzeitig aus der Kaserne abmarschierend, unmittelbar nach der Ankunft der Kutschen vor dem Hause Murphy anlangen konnte, um ihn und seine Leute gegen den Pöbel zu schützen, der sich in jenem Viertel von Dublin sehr leicht zu einem bedeutenden Auflauf versammelt. Sobald er ankam, wußte Herr Sirr seine neun Mann so aufzustellen, daß sie alle Eingänge besetzten, sowohl Seiten- als Hintertüren. Während er diese Vorrichtung traf, eilten Herr Swann und Herr Ryan die Treppe hinauf, da im Erdgeschoß nur Komptoirstuben und Warenlager befindlich. Im ersten Gemach sahen sie niemand, aber den Speisesaal schien man eben verlassen zu haben, da sich auf der Tafel noch Überbleibsel von Dessert und Weinen befanden. Sie erreichten hastig das zweite Gemach, ohne jedoch irgendeines Menschen ansichtig zu werden; sie öffneten dort die Tür eines Schlafzimmers, welche weder verschlossen noch verriegelt war; in diesem Zimmer endlich stand Murphy am Fenster der Straße zu, ein Papier in der Hand haltend, welches er eben zu lesen schien, und auf dem Bette lag Lord Edward Fitzgerald, halb entkleidet. Auf einem Stuhle neben dem Bette lag ein Kästchen mit Taschenpistolen; Herr Swann eilte gleich darauf zu, und, sich zwischen den Stuhl und das Bett drängend, rief er: »Lord Edward Fitzgerald, Ihr seid mein Gefangener, denn wir kommen mit starkem Geleit, und jeder Widerstand ist nutzlos!« Lord Edward sprang empor, und mit einem zweischneidigen Dolch, welchen er irgend neben sich verborgen gehalten, stach er nach der Brust des Herrn Swann; Dieser wollte mit der Hand den Stich abwehren, und sie ward durchstochen am Knöchel des Zeigefingers, dergestalt, daß die Hand im buchstäblichen Sinn einen Augenblick an seiner Brust festgeheftet blieb. Der Dolch drang nämlich in eine Seite seiner Brust, und die Rippen hindurch kam er hinten am Schulterblatt wieder zum Vorschein. Herr Ryan stürzte jetzt herbei, feuerte ein Pistol auf Lord Edward ab und schoß fehl. Lord Edward, welcher ihn kannte, rief: »Ryan, du Elender!« (*Ryan, you villain!*) und indem er den Dolch, dessen Griff er noch immer in Händen hielt, aus Herrn Swann's Brust herausriß, stach er damit Herrn Ryan in die Herzgrube, und, die Waffe wieder zurückziehend, schlitzte er ihm mit der Schneide den Bauch auf bis am Nabel. Die Herren Swann und Ryan hatten beide Lord Edward um den Leib gefaßt, und da derselbe noch unverwundet, suchte er durch die Türe zu entkommen, wo Herr Ryan ihn endlich losließ, indem er mit den heraushängenden Gedärmen zu Boden stürzte, aber Herr Swann hielt ihn noch fest. Im Vorzimmer neben der Tür war eine Leiter, welche nach dem Söller führte und einen Ausgang nach dem Dache bot. Diese Vorkehrung war getroffen, um im Fall der Not die Flucht zu fördern, und auf diesem Wege wollte Lord Edward entfliehen; jedoch Herr Swann, welcher sich mit seinem ganzen Gewicht an ihm festhing, hinderte ihn, die Leiter zu ersteigen, und, um sich von dieser Last zu befreien, erhub er eben seinen Arm und wollte ihn mit dem Dolche, den er noch in Händen, aufs neue durchstoßen. Alles dies ereignete sich in weniger als einer Minute. Mittlerweile aber war das Militär aus der Kaserne angelangt, und nachdem Herr Sirr dasselbe gehörig postiert, eilte er ins Haus und die Treppe hinauf, wo er schießen hörte, und mit einem Pistol in der Hand erreichte er das Zimmer eben in dem Augenblick, wo Lord Edward seinen Arm erhoben, um Herrn Swann den Gnadenstoß zu geben; er schoß also, ohne sich lange zu bedenken, und traf Lord Edward am Arm, nahe bei der Schulter. Der Arm sank ihm machtlos, und Lord Edward war gefangen.

»Es bietet sich hier die ganz natürliche Frage: was tat unterdessen Murphy, der Hauswirt, ein Mann in der Blüte seines Alters und seiner Kraft, und dessen Schutz sich Lord Edward anvertraut hatte? Er blieb ein schweigender Zuschauer des ganzen Auftritts, obgleich jedem einleuchten muß, daß er durch die geringste Hilfeleistung seinen Gast von Herrn Swann befreien und seine Flucht über das Dach ganz leicht bewirken konnte. Das Fenster, wo Murphy stand, ging nach der Straße, es war keine dreißig Fuß vom Boden entfernt, und die Kutschen konnten bis vierzehn Fuß der Mauer des Hauses sich nahen. Es ist auch unbegreiflich, daß in dem Hause, welches solchen Gast beherbergte, Tür und Tor von oben bis unten unverschlossen und unbewacht geblieben, und keine Seele sich dort befand außer dem Eigentümer. Der geringste Wink konnte die Flucht sichern, ehe Herr Swann die Treppe erstiegen, ebenso die geringste Hilfeleistung, nachdem schon der Angriff stattfand. Vielleicht war alles dies Zufall. Ich berichte bloß die Begebenheiten, wie sie meinem Vater erzählt worden von den Herren Sirr und Swann; ersten sprach er schon den andern Morgen, den 20., letztern erst nach seine Genesung. Murphy ward verhaftet, aber nicht verhört. Nachdem Lord Edward's Wunde verbunden, ward er sorgfältig fortgebracht; aber da die Kugel oben in die Brust gedrungen und der Brand erfolgte, starb er am 4. Junius. Herrn Ryan's Wunde ließ keinen Augenblick seine Erhaltung erhoffen; der Tod erfolgte nach einigen Tagen.«

Wie über Fitzgerald, enthält das vorliegende Buch auch die interessanten Mitteilungen über Theobald Wolfe Tone, der in der irischen Verschwörung gleichfalls eine bedeutende Rolle spielte und ein ebenso unglückliches Ende nahm. Er war ein edler Mensch, durchglüht vorn Feuer der Freiheitsliebe, und agierte einige Zeit als bevollmächtigter Gesandte der Verschworenen bei den französischen Republikanern. Sein Tagebuch, welches sein Sohn herausgeben, enthält merkwürdige Notizen über seinen Aufenthalt zu Paris während der Sturm- und Drangperiode der französischen Revolution. Nach Irland kehrte er zurück mit der Expedition, die das Direktorium etwas zu spät dorthin unternahm. Die Erzählung von diese Expedition, wie sie im vorliegenden Buche umständlich zu lesen, ist höchst bedeutungsvoll und zeigt, welchen schwachen Widerstand eine Landung in England finden würde, wenn sie besser organisiert wäre als damals. Man glaubt, der Schauplatz sei China, wenn man liest, wie einige hundert Franzosen, kommandiert von General Humbert, mit Übermut das ganze Land durchstreifen und Tausende von Engländern zu Paaren treiben. Ich kann der Versuchung nicht widerstehen, folgende Stelle mitzuteilen:

»Als der Marquis von Cornwallis am 24. August die Nachricht erhielt von der Landung der Franzosen, gab er dem Generallieutenant Lake Befehl, sich nach Galway zu begeben, um das Kommando der sich in Connaught versammelnden Truppen zu übernehmen. Dieser General begab sich nun mit den Truppen, die er zusammenbringen konnte, nach Castlebar, wo er am 26. anlangte und den Generalmajor Hutchinson fand, der dort am Vorabend eingetroffen. Die solchermaßen zu Castlebar versammelten Truppen bestanden aus 4000 Mann regulärer Soldaten, Yeomen und Landmiliz, begleitet von einem starken Park Artillerie. Der General Humbert (welcher die Franzosen kommandierte) verließ Ballina am 26. mit 800 Mann und zwei Feldschlangen, aber statt der gewöhnlichen Heerstraße durch Foxford, wo der General Taylor mit einem starken Korps stationierte, schlug er den Bergweg ein bei Barnageehy, wo nur ein geringer Posten aufgestellt war, und um 7 Uhr morgens den 27. gelangte er bis auf zwei Meilen in die Nähe von Castlebar, und fand dort vor der Stadt die königlich englischen Truppen postiert in der vorteilhaftesten Position. Alles war vereinigt, was diesen letztern einen leichten Sieg zu versprechen schien. Sie waren in großer Anzahl, 3 bis 4000 Mann, wohlversorgt mit Artillerie und Munition, sie waren frisch und wohlerquickt, während der Feind nur aus 800 Mann bestand, nur zwei Feldschlangen besaß, und durch einen mühsamen und höchst beschwerlichen Bergmarsch von etwa 24 Stunden ganz ermüdet und abgemattet war. Die königliche Artillerie, vortrefflich dirigiert durch Kapitän Shortall, tat im Anfang den Franzosen sehr viel Schaden und hielt sie einige Zeit zurück: aber diese, als sie sahen, daß sie nicht lange widerstehen könnten, wenn sie dem wohlgeleiteten Kanonenfeuer der Engländer zu viel Fronte böten, teilten sich in kleine Kolonnen und drangen mit so ungestümem Mute vorwärts, daß in wenigen Minuten die königlichen Truppen zurückwichen und, ergriffen von panischem Schrecken, nach allen Richtungen Reißaus nahmen; in äußerster Verwirrung flohen sie durch die Stadt und nahmen den Weg nach Tuam, einem Ort, der 30 Meilen von Castlebar entfernt liegt. Aber auch hier, wo sie in der Nacht anlangten, glaubten sie sich noch nicht hinlänglich geborgen, sie verweilten nur so lange, als notwendig war, um einige Erfrischungen zu sich zu nehmen, und setzten ihre schmähliche Flucht fort nach Athlone, welches 33 Meilen weiter liegt, und wo der Vortrab am Dienstag, den 29., um l Uhr anlangte. So groß war ihr Schrecken, daß sie 36 Meilen weit in 27 Stunden gelaufen! Der Verlust der königlichen Armee bestand in 53 Toten, 35 Verwundeten und 279 Gefangenen. Sie verlor gleichfalls zehn Stücke schweren Geschützes und 4 Feldschlangen. Wieviel die Franzosen verloren, ist nicht bekannt. Die französischen Truppen zogen ein in Castlebar, wo sie ungestört bis zum 4. September blieben.«

Da aber die erwarteten Hilfstruppen nicht anlangten und überhaupt die ganze Expedition nach einem schlechten Plane eingeleitet worden, mußte sie am Ende erfolglos scheitern. Wolfe Tone, welcher bei dieser Gelegenheit den Engländern in die Hände fiel, ward vor ein Kriegsgericht gestellt und zum Strange verurteilt. Der arme Schelm, er fürchtete den Tod nicht, auf dem Grèveplatze zu Paris hatte er genug Hinrichtungen mit angesehen, aber er war nur an Guillotiniertwerdern gewöhnt und hegte eine unüberwindliche Antipathie gegen das hängende Verfahren. Vergebens bat er, daß man ihn wenigstens erschießen möge, welche Todesart ihm mit größerem Recht gebühre, da er ein französisches Offizierspatent besäße, und als Kriegsgefangener zu betrachten sei. Nein, man gab seiner Bitte kein Gehör, und aus Abscheu vor dem Hängen schnitt sich der Unglückliche im Gefängnis die Kehle ab.

Von Milde war bei der englischen Regierung keine Rede zur Zeit der irischen Rebellion. Ich bin kein Freund der Guillotine und hege eben kein besonderes Vorurteil gegen das Hängen, aber ich muß bekennen, in der ganzen französischen Revolution sind kaum solche Greuel verübt worden, wie sich deren das englische Militär in Irland zuschulden kommen ließ. Obgleich ein Anhänger der Regierung, hat doch unser Verfasser diese schändliche Soldatenwirtschaft mit den treuesten Farben geschildert und vielmehr gebrandmarkt. Gott bewahre uns vor solcher Einquartierung, wie sie auf dem Kastell Kilkea ihren Unfug trieb! Am meisten rührte mich das Schicksal einer schönen Harfe, welche die Engländer mit besonderm Grimm in Stücke schlugen, weil ja die Harfe das Sinnbild Irlands. Auch die blutige Roheit der Aufrührer schildert der Verfasser mit Unparteilichkeit, und folgende Beschreibung ihrer Kriegsweise trägt das Gepräge der abscheulichsten Wahrheit.

»Die Art der Heerführung bei den Insurgenten charakterisierte ganz diese Leute. Sie postierten sich immer auf Anhöhen, die besonders emporragten, und das nannten sie ihr Lager. Ein oder zwei Zelte oder sonstiges Gehäuse diente als Obdach für die Anführer; die übrigen blieben unter freiem Himmel, Männer und Weiber nebeneinander ohne Unterschied, gehüllt in Lumpen oder Bett-

Tücher, die meisten ohne andere Nachtbedeckung als das, was sie am Tage auf dem Leibe trugen. Diese Lebensart ward begünstigt von einem ununterbrochen schönen Wetter, wie es in Irland ganz ungewöhnlich ist. Auch betrachteten sie diesen Umstand als eine besondere Gunst der Vorsehung, und man hatte ihnen den Glauben beigebracht, es würde kein Tropfen Regen herabfallen, ehe sie Meister geworden von ganz Irland. In diesen Lagern, wie man sich leicht denken kann, unter solchen Haufen von rohen, aufruhrsüchtigen Menschen, herrsche die schrecklichste Wirrnis und Unfug jeder Art. Wenn ein Mann des Nachts im gesundesten Schlaf lag, stahl man ihm seine Flinte oder sonstigen Effekten. Um sich gegen diesen Mißstand zu sichern, ward es gebräuchlich, daß man, um zu schlafen, sich immer platt auf dem Bauch legte und Hut, Schuhe und dergleichen sich unter der Brust festband. Die Küche war roh über alle Begriffe; das Vieh wurde niedergeworfen und erschlagen, jeder riß dann nach Herzenslust ein Stück Fleisch davon ab, ohne es zu häuten, und röstete oder vielmehr brannte es am Lagerfeuer, ganz mit dem Fetzen Fell, das daran hängen geblieben. Den Kopf, die Füße und den Überrest des Gerippes ließ man liegen, und es verfaulte auf demselben Platze, wo man das Tier getötet. Wenn die Insurgenten kein Leder hatten, nahmen sie Bücher und bedienten sich derselben als Sättel, indem sie das Buch, in der Mitte aufgeschlagen, auf den Rücken des Pferdes legten, und Stricke ersetzten Gurt und Steigbügel. Die großen Foliobände, welche man bei Plünderungen erbeutete, erschienen zu diesem Gebrauch ganz besonders schätzbar. Da man sehr kläglich mit Munition versehen war, nahm man die Zuflucht zu Kieselsteinen oder auch zu Kugeln von gehärtetem Lehm. Die Anführer vermieden es immer, den Feind in der Nacht anzugreifen, wenn einiger Widerstand zu erwarten war, und zwar weil ihre Leute nie ordentlich ihren Befehlen Folge leisteten, sondern vielmehr dem eignen Ungestüm und den Eingebungen des Momentes gehorchten. In der Schlacht bewachten sie sich nämlich wechselseitig, da jeder fürchtete, daß ihn die andern im Stich lassen möchten im Fall eines Rückzuges, der gewöhnlich sehr schnell und unversehens stattfand; deshalb schlugen sie sich nicht gern des Nachts, wo keiner auf den Stand seiner Genossen genau acht haben konnte und immer besorgen mußte, daß sie plötzlich, ehe er sich dessen versehen, Reißaus nähmen (was man *make the run* nennt) und ihn alsdann in den Händen derer zurück ließen, die nie

Pardon gaben; keiner traute dem andern. Es läßt sich behaupten, daß diese Aufrührer sich nie eine rohe Handlung oder Unziemlichkeit gegen Weiber oder Kinder zuschulden kommen ließen; nur der Brand von Scullabogue und die Behandlung Mackee's und seiner Familie in der Grafschaft Down macht eine Ausnahme; ausgenommen diese wütende Metzelei, wo auf Geschlecht und Alter nicht mehr geachtet wurde, kenne ich kein Beispiel, daß irgendwo ein Weib von den Rebellen mißhandelt worden wäre. Ich fürchte, wir können ihren Gegnern kein ebenso rühmliches Zeugnis erteilen.«

Diese Schilderung der Kriegsführung bei den irischen Insurgenten leitete mich auf zwei Bemerkungen, die ich hier in der Kürze mitteilen will. Zunächst bemerke ich, daß Bücher bei einem Volksaufstand sehr brauchbar sein können, nämlich als Pferdesättel, woran unsere revolutionären Tatmänner gewiß noch nicht dachten, denn sie würden sonst auf alles Bücherschreiben nicht so ungehalten sein. Und dann bemerke ich, daß Paddy in einem Kampf mit John Bull immer den kürzern ziehen und dieser seine Herrschaft über Irland nicht so leicht einbüßen wird. Ist etwa der Irländer minder tapfer als der Engländer? Nein, vielleicht hat er sogar noch mehr persönlichen Mut. Aber bei jenem ist das Gefühl des Individualismus so vorherrschend, daß er, der einzeln so tapfer, dennoch gar zaghaft und unzuverlässig ist in jeder Assoziation, wo er seinem Nebenmann vertrauen und sich einem Gesamtwillen unterordnen soll. Solcher Geist des Individualismus ist vielleicht ein Charakterzug jenes keltischen Stammes, der den Kern des irischen Volkes bildet. Bei den Bewohnern der Bretagne in Frankreich gewahren wir dieselbe Erscheinung, und nicht mit Unrecht hat der geniale Michelet in seiner französischen Geschichte überall darauf hingewiesen, wie jener Charakterzug des Individualismus im Leben und Streben der berühmten Bretonen so bedeutungsvoll hervortritt. Sie zeichneten sich aus durch ein fast abenteuerliches Ringen des individuellen Geistes mit einer konstituierten Autorität, durch das Geltendmachen der Persönlichkeit. Der germanische Stamm ist disziplinierbarer und ficht und denkt besser in Reih' und Glied, aber er ist auch empfänglicher für Dienstbarkeit als der keltische Stamm. Die Verschmelzung beider Elemente, des germanischen und des keltischen, wird immer etwas Vortreffliches zutage fördern, und England wie

Irland werden nicht bloß politisch, sondern auch moralisch gewinnen, sobald sie einst ein einiges, organisches Ganze bilden.

Ludwig Marcus

Denkworte

(Geschrieben zu Paris, den 22. April 1844)

Was ist der Grund, warum von den Deutschen, die nach Frankreich herüber gekommen, so viel in Wahnsinn verfallen? Die meisten hat der Tod aus der Geistesnacht erlöst; andere sind in Irrenanstalten gleichsam lebendig begraben; viele auch, denen ein Funken von Bewußtsein geblieben, suchen ihren Zustand zu verbergen, und gebärden sich halbwegs vernünftig, um nicht eingesperrt zu werden. Dies sind die Pfiffigen, die Dummen können sich nicht lange verstellen. Die Anzahl derer, die mit mehr oder minder lichten Momenten an dem finstern Übel leiden, ist sehr groß, und man möchte fast behaupten, der Wahnsinn sei die Nationalkrankheit der Deutschen in Frankreich. Wahrscheinlich bringen wir den Keim des Geberstens mit über den Rhein, und auf dem hitzigen Boden, dem glühenden Asphaltpflaster der hiesigen Gesellschaft, gedeiht rasch zur blühendsten Verrücktheit, was in Deutschland lebenslang nur eine närrische Krüppelpflanze geblieben wäre. Oder zeugt es schon von einem hohen Grade des Wahnwitzes, daß man das Vaterland verließ, um in der Fremde »die harten Treppen« auf und abzusteigen, und das noch härtere Brot des Exils mit seinen Tränen zu feuchten? Man muß jedoch beileibe nicht glauben, als seien es exzentrische Sturm- und Drangnaturen, oder gar Freunde des Müßiggangs und der entfesselten Sinnlichkeit, die sich hier in die Abgründe des Irrsinns verlieren – nein, dieses Unglück betraf immer vorzugsweise die honorabelsten Gemüter, die fleißigsten und enthaltsamsten Geschöpfe.

Zu den beklagenswertesten Opfern, die jener Krankheit erlagen, gehört auch unser armer Landsmann Ludwig Marcus. Dieser deutsche Gelehrte, der sich durch Fülle des Wissens ebenso rühmlich auszeichnete, wie durch hohe Sittlichkeit, verdient in dieser Beziehung, daß wir sein Andenken durch einige Worte ehren.

Seine Familienverhältnisse und das ganze Detail seiner Lebensumstände sind uns nie genau bekannt gewesen. Soviel ich weiß, ist er geboren zu Dessau im Jahre 1798, von unbemittelten Eltern, die dem gottesfürchtigen Kultus des Judentums anhingen. Er kam Anno 1820 nach Berlin, um Medizin zu studieren, verließ aber bald diese Wissenschaft. Dort zu Berlin sah ich ihn zuerst, und zwar im Kollegium von Hegel, wo er oft neben mir saß und die Worte des Meisters gehörig nachschrieb. Er war damals zweiundzwanzig Jahre alt, doch seine äußere Erscheinung war nichts weniger als jugendlich. Ein kleiner schmächtiger Leib, wie der eines Jungen von acht Jahren, und im Antlitz eine Greisenhaftigkeit, die wir gewöhnlich mit einem verbogenen Rückgrat gepaart finden. Eine solche Mißförmlichkeit aber war nicht an ihm zu bemerken, und eben über diesen Mangel wunderte man sich. Diejenigen, welche den verstorbenen Moses Mendelssohn persönlich gekannt, bemerkten mit Erstaunen die Ähnlichkeit, welche die Gesichtszüge des Marcus mit denen jenes berühmten Weltweisen darboten, der sonderbarerweise ebenfalls aus Dessau gebürtig war. Hätten sich die ???Choronologie und die Tugend nicht allzubestimmt für den ehrwürdigen Moses verbürgt, so könnten wir auf einem sehr frivolen Gedanken geraten.

Aber dem Geiste nach war Marcus wirklich ein ganz naher Verwandter jenes großen Reformator der deutschen Juden, und in seiner Seele wohnte ebenfalls die größte Uneigennützigkeit, der duldende Stillmut, der bescheidene Rechtsinn, lächelnde Verachtung des Schlechten, und eine unbeugsame, eiserne Liebe für die unterdrückten Glaubensgenossen. Das Schicksal derselben war, wie bei jenem Moses, auch bei Marcus der schmerzliche glühende Mittelpunkt aller seiner Gedanken, das Herz seines Lebens. Schon damals in Berlin war Marcus ein Polyhistor, er stöberte in allen Bereichen des Wissens, er verschlang ganze Bibliotheken, er verwühlte sich in allen Sprachschätzen des Altertums und der Neuzeit, und die Geographie, im generellsten wie im partikularsten Sinne, war am Ende sein Lieblingsstudium geworden; es gab auf diesem Erdball kein Faktum, keine Ruine, kein Idiom, keine Narrheit, keine Blume, die er nicht kannte – aber von allen seinen Geistesexkursionen kam er immer gleichsam nach Hause zurück zu der Leidensgeschichte Israel's, zu der Schädelstätte Jerusalem's und zu dem kleinen Väterdialekt Palästina's, um dessentwillen er vielleicht die semitischen Sprachen mit größerer Vorliebe als die anderen betrieb. Dieser Zug war wohl der hervorstechend wichtigste im Charakter des Ludwig Marcus, und er gibt ihm seine Bedeutung und sein Verdienst; denn nicht bloß das Tun, nicht bloß die Tatsache der hinterlassenen Leistung gibt uns ein Recht auf ehrende Anerkennung nach dem Tode, sondern auch das Streben selbst, und gar besonders das unglückliche Streben, das gescheiterte, fruchtlose, aber großmütige Wollen.

Andere werden vielleicht das erstaunliche Wissen, das der Verstorbene in seinem Gedächtnis aufgestapelt hatte, ganz besonders rühmen und preisen; für uns hat dasselbe keinen sonderlichen Wert. Wir konnten überhaupt diesem Wissen, ehrlich gestanden, niemals Geschmack abgewinnen. Alles, was Marcus wußte, wußte er nicht lebendig organisch, sondern als tote Geschichtlichkeit, die ganze Natur versteinerte sich ihm, und er kannte im Grunde nur Fossilien und Mumien. Dazu gesellte sich eine Ohnmacht der künstlerischen Gestaltung, und wenn er etwas schrieb, war es ein Mitleid, anzusehen, wie er sich vergebens abmühte, für das Darzustellende die notwendigste Form zu finden. Ungenießbar, unverdaulich, abstrus waren daher die Artikel und gar die Bücher, die er geschrieben.

Außer einigen linguistischen, astronomischen und botanischen Schriften hat Marcus eine Geschichte der Vandalen in Afrika, und in Verbindung mit dem Professor Duisburg eine nordafrikanische Geographie herausgegeben. Er hinterläßt in Manuskript ein ungeheuer großes Werk über Abyssinien, welches seine eigentliche Lebensarbeit zu sein scheint, da er sich schon zu Berlin mit Abyssinien beschäftigt hatte. Nach diesem Lande zogen ihn wohl zunächst die Untersuchungen über die Falaschas, einen jüdischen Stamm, der lange in den abyssinischen Gebirgen seine Unabhängigkeit bewahrt hat. Ja, obgleich sein Wissen sich über alle Weltgegenden verbreitete, so wußte Marcus doch am besten Bescheid hinter den Mondgebirgen Äthiopiens, an den verborgenen Quellen des Nil's, und seine größte Freude war, den Bruce oder gar den Hasselquist auf Irrtümern zu ertappen. Ich machte ihn einst glücklich, als ich ihn bat, mir aus arabischen und talmudischen Schriften alles zu kompilieren, was auf die Königin von Saba Bezug hat. Dieser Arbeit, die sich vielleicht noch unter meinen Papieren befindet, verdanke ich es, daß ich noch zu heutiger Stunde weiß, weshalb die Könige von Abyssinien sich rühmen, aus dem Stamme David entsprossen zu sein: sie leiten diese Abstammung von dem Besuch her, den ihre Ältermutter, die besagte Königin von Saba, dem weisen Salomo zu Jerusalem abgestattet. Wie ich aus besagter Kompilation ersah, ist diese Dame gewiß ebensoschön gewesen wie die Helena von Sparta. Jedenfalls hat sie ein ähnliches Schicksal nach dem Tode, da es verliebte Rabbiner gibt, die sie durch kabbalistische Zauberkunst aus dem Grabe zu beschwören wissen; nur sind sie manchmal übel daran mit der beschworenen Schönen, die den großen Fehler hat, daß sie, wo sie sich einmal hingesetzt, gar zu lange sitzen bleibt. Man kann sie nicht los werden.

Ich habe bereits angedeutet, daß irgendein Interesse der jüdischen Geschichte immer letzter Grund und Antrieb war bei den gelehrten Arbeiten des seligen Marcus; inwieweit dergleichen auch bei seinen abyssinischen Studien der Fall war, und wie auch diese ihn ganz frühzeitig in Anspruch genommen, ergibt sich unabweisbar aus einem Artikel, den er schon damals zu Berlin in der »Zeitschrift für Kultur und Wissenschaft des Judentums« abdrucken ließ. Er behandelte nämlich darin die Beschneidung bei den Abyssinierinnen. Wie herzlich lachte der verstorbene Gans, als er mir in jenem Aufsatze die Stelle zeigte, wo der Verfasser den Wunsch aussprach, es möchte jemand diesen Gegenstand bearbeiten, der demselben besser gewachsen sei.

Die äußere Erscheinung des kleinen Mannes, die nicht selten zum Lachen reizte, verhinderte ihn jedoch keineswegs, zu den ehrenwertesten Mitgliedern jener Gesellschaft zu zählen, welche die oben erwähnte Zeitschrift herausgab, und eben unter dem Namen: »Verein für Kultur und Wissenschaft des Judentums« eine hochfliegend große, aber unausführbare Idee verfolgte. Geistbegabte und tiefherzige Männer versuchten hier die Rettung einer längst verlorenen Sache, und es gelang ihnen höchstens, auf den Wahlstätten der Vergangenheit die Gebeine der altern Kämpfer aufzufinden. Die ganze Ausbeute jenes Vereins besteht in einigen historischen Arbeiten, in Geschichtsforschungen, worunter namentlich die Abhandlungen des Dr. Zunz über die spanischen Juden im Mittelalter zu den Merkwürdigkeiten der höheren Kritik gezählt werden müssen.

Wie dürfte ich von jenem Vereine reden, ohne dieses vortrefflichen Zunz zu erwähnen, der in einer schwankenden Übergangsperiode immer die unerschütterlichste Unwandelbarkeit offenbart, und trotz seinem Scharfsinn, seiner Skepsis, seiner Gelehrsamkeit, dennoch treu blieb dem selbst gegebenen Worte, der großmütigen

Grille seiner Seele. Mann der Rede und der Tat, hat er geschaffen und gewirkt, wo andere träumten und mutlos hinsanken.

Ich kann nicht umhin, auch hier meinen lieben Bendavid zu erwähnen, der mit Geist und Charakterstärke eine großartig urbane Bildung vereinigte und, obgleich schon hochbejahrt, an den jugendlichsten Irrgedanken des Vereins teilnahm. Er war ein Weiser nach antikem Zuschnitt, umflossen vom Sonnenlicht griechischer Heiterkeit, ein Standbild der wahrsten Tugend, und pflichtgehärtet wie der Marmor des kategorischen Imperativs seines Meisters Immanuel Kant. Bendavid war Zeit seines Lebens der eifrigste Anhänger der Kantischen Philosophie, für diese litt er in seiner Jugend die größten Verfolgungen, und dennoch wollte er sich nie trennen von der alten Gemeinde des mosaischen Bekenntnisses, er wollte nie die äußere Glaubenskokarde ändern. Schon der Schein einer solchen Verleugnung erfüllte ihn mit Widerwillen und Ekel. Lazarus Bendavid war, wie gesagt, ein eingefleischter Kantianer, und ich habe damit auch die Schranken seines Geistes angedeutet. Wenn wir von Hegel'scher Philosophie sprachen, schüttelte er sein kahles Haupt und sagte, das sei Aberglaube. Er schrieb ziemlich gut, sprach aber viel besser. Für die Zeitschrift des Vereins lieferte er einen merkwürdigen Aufsatz über den Messiasglauben bei den Juden, worin er mit kritischem Scharfsinn zu beweisen suchte, daß der Glaube an einen Messias durchaus nicht zu den Fundamentalartikeln der jüdischen Religion gehöre, und nur als zufälliges Beiwerk zu betrachten sei.

Das tätigste Mitglied des Vereins, die eigentliche Seele desselben, war M. Moser, der vor einigen Jahren starb, aber schon im jugendlichen Alter nicht bloß die gründlichsten Kenntnisse besaß, sondern auch durchglüht war von dem großen Mitleid für die Menschheit, von der Sehnsucht, das Wissen zu verwirklichen in heilsamer Tat. Er war unermüdlich philantrophischen Bestrebungen, er war sehr praktisch und hat in scheinloser Stille an allen Liebeswerken gearbeitet. Das große Publikum hat von seinem Tun und Schaffen nichts erfahren, er focht und blutete inkognito, sein Name ist ganz unbekannt geblieben, und steht nicht eingezeichnet in dem Adreßkalender der Selbstaufopferung. Unsere Zeit ist nicht so ärmlich, wie man glaubt; sie hat erstaunlich viele solcher anonymen Märtyrer hervorgebracht.

Der Nekrolog des verstorbenen Marcus leitete mich unwillkürlich zu dem Nekrolog des Vereins, zu dessen ehrenwertesten Mitgliedern er gehörte, und als dessen Präsident der schon erwähnte, jetzt ebenfalls verstorbene Eduard Gans sich geltend machte. Dieser hochbegabte Mann kann am wenigsten in bezug auf bescheidene Selbstaufopferung, auf anonymes Märtyrertum gerühmt werden. Ja, wenn auch seine Seele sich rasch und weit erschloß für alle Heilsfragen der Menschheit, so ließ er doch selbst im Rausche der Begeisterung niemals die Personalinteressen außer acht. Eine witzige Dame, zu welcher Gans oft des Abends zum Tee kam, machte die richtige Bemerkung, daß er während der eifrigsten Diskussion und trotz seiner großen Zerstreutheit dennoch, nach dem Teller der Butterbrote hinlangend, immer diejenigen Butterbrote ergreife, welche nicht mit gewöhnlichem Käse, sondern mit frischem Lachs bedeckt waren.

Die Verdienste des verstorbenen Gans um deutsche Wissenschaft sind allgemein bekannt. Er war einer der rührigsten Apostel der Hegel'schen Philosophie, und in der Rechtsgelahrtheit kämpfte er zermalmend gegen jene Lakaien des altrömischen Rechts, welche, ohne Ahnung von dem Geiste, der in der alten Gesetzgebung einst lebte, nur damit beschäftigt sind, die hinterlassen Garderobe derselben auszustauben, von Motten zu säubern, oder gar zu modernem Gebrauche zurecht zu flicken. Gans fuchtelte solchen Servilismus selbst in seiner elegantesten Livrée. Wie wimmert unter seinen Fußtritten die arme Seele des Herrn von Savigny! Mehr noch durch Wort als durch Schrift förderte Gans die Entwicklung des deutschen Freiheitssinns, er entfesselte die gebundensten Gedanken und riß der Lüge die Larve ab. Er war ein beweglicher Feuergeist, dessen Mißfunken vortrefflich zündeten, oder wenigstens herrlich leuchteten. Aber den trübsinnigen Ausspruch des Dichters (im zweiten Teile des »Faust«):

»Alt ist das Wort, doch bleibet hoch und wahr der Sinn,
Daß Scham und Schönheit nie zusammen, Hand in
Hand,
Den Weg verfolgen über der Erde grünen Pfad.
Tief eingewurzelt wohnt in beiden alter Haß,

Daß, wo sie immer auch des Weges sich
Begegnen, jede der Gegnerin den Rücken kehrt« –

dieses fatale Wort müssen wir auch auf das Verhältnis der Genialität zur Tugend anwenden, diese beiden leben ebenfalls in beständigem Hader und kehren sich manchmal verdrießlich den Rücken. Mit Bekümmernis muß ich hier erwähnen, daß Gans in bezug auf den erwähnten Verein für Kultur und Wissenschaft des Judentums nichts weniger als tugendhaft handelte, und sich die unverzeihlichste Felonie zuschulden kommen ließ. Sein Abfall war um so widerwärtiger, da er die Rolle eines Agitators gespielt und bestimmte Präsidialpflichten übernommen hatte. Es ist hergebrachte Pflicht, daß der Kapitän immer der Letzte sei, der das Schiff verläßt, wenn dasselbe scheitert – Gans aber rettete sich selbst zuerst. Wahrlich in moralischer Beziehung hat der kleine Marcus den großen Gans überragt, und er konnte hier ebenfalls beklagen, daß Gans seiner Aufgabe nicht besser gewachsen war.

Wir haben die Teilnahme des Marcus an dem Verein für Kultur und Wissenschaft des Judentums als einen Umstand bezeichnet, der uns wichtiger und denkwürdiger erschien als all sein stupendes Wissen und seine sämtlichen gelehrten Arbeiten. Ihm selber mag ebenfalls die Zeit, wo er den Bestrebungen und Illusionen jenes Vereins sich hingab, als die sonnigste Blütenstunde seines kümmerlichen Lebens erschienen sein. Deshalb mußte hier jenes Vereins ganz besonders Erwähnung geschehen, und eine nähere Erörterung seines Gedankens wäre wohl nicht überflüssig. Aber der Raum und die Zeit und ihre Hüter gestatten in diesen Blättern keine solche ausgeführte Darstellung, da letztere nicht bloß die religiösen und bürgerlichen Verhältnisse der Juden, sondern auch die aller deistischen Sekten auf diesem Erdball umfassen müßte. Nur so viel will ich hier aussprechen, daß der esoterische Zweck jenes Vereins nichts anderes war als eine Vermittlung des historischen Judentums mit der modernen Wissenschaft, von welcher man annahm, daß sie im Laufe der Zeit zur Weltherrschaft gelangen würde. Unter ähnlichen Umständen zur Zeit des Philo, als die griechische Philosophie allen alten Dogmen den Krieg erklärte, ward in Alexandrien ähnliches versucht, mit mehr oder minderem Mißgeschick. Von schismatischer Aufklärerei war hier nicht die Rede, und noch weniger von jener Emanzipation, die in unseren Tagen manchmal so ekelhaft geistlos durchgeträtscht wird, daß man das Interesse dafür verlieren könnte. Namentlich haben es die israelitischen Freunde dieser Frage verstanden, sie in eine wässerig graue Wolke von Langweiligkeit zu hüllen, die ihr schädlicher ist als das blödsinnige Gift der Gegner. Da gibt es gemütliche Pharisäer, die noch besonders damit prahlen, daß sie kein Talent zum Schreiben besitzen und dem Apollo zum Trotz für Jehova die Feder ergriffen haben. Mögen die deutschen Regierungen doch recht bald ein ästhetisches Erbarmen mit dem Publikum haben und jenen Salbadereien ein Ende machen durch Beschleunigung der Emanzipation, die doch früh oder später bewilligt werden muß.

Ja, die Emanzipation wird früh oder spät bewilligt werden müssen, aus Gerechtigkeitsgefühl, aus Klugheit, aus Notwendigkeit. Die Antipathie gegen die Juden hat bei den obern Klassen keine religiöse Wurzel mehr, und bei den untern Klassen transformiert sie sich täglich mehr und mehr in den sozialen Groll gegen die überwuchernde Macht des Kapitals, gegen die Ausbeutung der Armen durch die Reichen. Der Judenhaß hat jetzt einen andern Namen, sogar beim Pöbel. Was aber die Regierung betrifft, so sind sie endlich zur hochweisen Ansicht gelangt, daß der Staat ein organischer Körper ist, und daß derselbe nicht zu einer vollkommenen Gesundheit gelangen kann, solange ein einziges seiner Glieder, und sei es auch nur der kleine Zeh, an einem Gebreste leidet. Ja, der Staat mag noch so keck sein Haupt tragen und mit breiter Brust allen Stürmen trotzen, das Herz in der Brust, und sogar das stolze Haupt wird dennoch den Schmerz mitempfinden müssen, wenn der kleine Zeh an den Hühneraugen leidet – die Judenbeschränkungen sind solche Hühneraugen an den deutschen Staatsfüßen.

Und bedächten gar die Regierungen, wie entsetzlich der Grundpfeiler aller positiven Religionen, die Idee des Deismus selbst, von neuen Doktrinen bedroht ist, wie die Fehde zwischen dem Wissen und Glauben überhaupt nicht mehr ein zahmes Scharmützel, sondern bald eine wilde Todesschlacht sein wird – bedächten die Regierungen diese verhüllten Nöten, sie müssen froh sein, daß es noch Juden auf der Welt gibt, daß die Schweizergarde des Deismus, wie der Dichter sie genannt hat, noch auf den Beinen steht, daß es noch ein Volk Gottes gibt. Statt sie von ihrem Glauben durch gesetzliche

Beschränkungen abtrünnig zu machen, sollte man sie noch durch Prämien darin zu stärken suchen, man sollte ihnen auf Staatskosten ihre Synagogen bauen, damit sie nur hineingehen, und das Volk draußen sich einbilden mag, es werde in der Welt noch etwas geglaubt. Hütet euch, die Taufe unter den Juden zu befördern. Das ist eitel Wasser und trocknet leicht. Befördert vielmehr die Beschneidung, das ist der Glauben, eingeschnitten ins Fleisch; in den Geist läßt er sich nicht mehr einschneiden. Befördert die Zeremonie der Denkriemen, womit der Glaube festgebunden wird auf den Arm; der Staat sollte den Juden gratis das Leder dazu liefern sowie auch das Mehl zu Matzekuchen, woran das gläubige Israel schon drei Jahrtausend knuspert. Fördert, beschleunigt die Emanzipation, damit sie nicht zu spät komme und überhaupt noch Juden in der Welt antrifft, die den Glauben ihrer Väter dem Heil ihrer Kinder vorziehen. Es gibt ein Sprichwort: »Während der Weise sich besinnt, besinnt sich auch der Narr.«

Die vorstehenden Betrachtungen knüpfen sich natürlich an die Person, die ich hier zu besprechen hatte, und die, wie ich schon bemerkt, weniger durch individuelle Bedeutung als vielmehr durch historische und moralische Bezüge, unser Interesse in Anspruch nimmt. Ich kann auch aus eigner Anschauung nur Geringfügiges berichten über das äußere Leben unseres Marcus, den ich zu Berlin bald aus den Augen verlor. Wie ich hörte, war er nach Frankreich gewandert, da er trotz seines außerordentlichen Wissens und seiner hohen Sittlichkeit, dennoch in den Überbleibseln mittelalterlicher Gesetze ein Hindernis der Beförderung im Vaterlande fand. Seine Eltern waren gestorben und aus Großmut hatte er zum Besten seiner hilfsbedürftigern Geschwister auf die Verlassenschaft verzichtet. Etwa fünfzehn Jahre vergingen, und ich hatte lange nichts mehr gehört, weder von Ludwig Marcus noch von der Königin von Saba, weder von Hasselquist noch von den beschnittenen Abyssinierinnen, da trat mir eines Tages der kleine Mann hier zu Paris wieder entgegen und erzählte mir, daß er unterdessen Professor in Dijon gewesen, jetzt aber einer ministeriellen Unbill wegen die Professur aufgegeben habe und hier bleiben wolle, um die Hilfsquellen der Bibliothek für sein großes Werk zu benützen. Wie ich von andern hörte, war ein bißchen Eigensinn im Spiel, und das Ministerium hatte ihm sogar vorgeschlagen, wie in Frankreich gebräuchlich, seine Stelle durch einen wohlfeiler besoldeten Suppleanten zu besetzen und ihm selber den größten Teil seines Gehalts zu lassen. Dagegen sträubte sich die große Seele des Kleinen, er wollte nicht fremde Arbeit ausbeuten, und er ließ seinem Nachfolger die ganze Besoldung. Seine Uneigennützigkeit ist hier um so merkwürdiger, da er damals sogar sehr schlecht, und ohne die Engelhilfe einer schönen Frau wäre er gewiß im darbenden Elend verkommen. Ja, es war eine sehr schöne und große Dame von Paris, eine der glänzendsten Erscheinungen des hiesigen Weltlebens, die, als sie von dem wunderlichen Kauz hörte, in die Dunkelheit seines kümmerlichen Lebens hinabstieg und mit anmutiger Zartsinnigkeit ihn dahin zu bringen wußte, einen bedeutenden Jahrgehalt von ihr anzunehmen. Ich glaube, seinen Stolz zähmte hier ganz besonders die Ansicht, daß seine Gönnerin, die Gattin des reichsten Bankiers dieses Erdballs, späterhin sein großes Werk auf ihre Kosten drucken lassen werde. Einer Dame, dachte, er, die wegen ihres Geistes und ihrer Bildung so viel gerühmt wird, müsse doch sehr viel daran gelegen sein, daß endlich eine gründliche Geschichte von Abyssinien geschrieben werde, und er fand es ganz natürlich, daß sie dem Autor durch einen Jahrgehalt seine große Mühe und Arbeit zu vergüten suchte.

Die Zeit, während welcher ich den guten Marcus nicht gesehen, etwa fünfzehn Jahre, hatte auf sein Äußeres eben nicht verschönernd gewirkt. Seine Erscheinung, die früher ans Possierliche streifte, war jetzt eine entschiedene Karikatur geworden, aber eine angenehme, liebliche, ich möchte fast sagen: erquickende Karikatur. Ein spaßhaft wehmütiges Ansehen gab ihm sein von Leiden durchfurchtes Greisengesicht, worin die kleinen pechschwarzen Äuglein vergnüglich lebhaft glänzten, und gar sein abenteuerlicher, fabelhafter Haarwuchs! Die Haare nämlich, welche früher pechschwarz und anliegend gewesen, waren jetzt ergraut und umgaben in krauser aufgesträubter Fülle das schon außerdem unverhältnismäßig große Haupt. Er glich so ziemlich jenen breitköpfigen Figuren mit dünnem Leibchen und kurzen Beinchen, die wir auf den Glasscheiben eines chinesischen Schattenspiels sahen. Besonders wenn wir die zwerghafte Gestalt in Gesellschaft seines Kallobarator, des ungeheuer großen und stattlichen Professors Duisberg auf den Boulevards begegnete, jauchzte mir der Humor in der Brust. Einem meiner Bekannten, der mich frug, wer der Kleine wäre, sagte ich, es sei der König von Abyssinien, und dieser Name ist ihm bis an sein Ende geblieben. Hast du mir deshalb gezürnt, teurer, guter Marcus? Für deine schöne Seele hätte der Schöpfer wirklich eine bessere Enveloppe erschaffen können. Der liebe Gott ist aber zu sehr beschäftigt; manchmal, wenn er eben im Begriff ist, der edlen Perle eine prächtig ziselierte Goldfassung zu verleihen, wird er plötzlich gestört, und er wickelt das Juwel geschwind in das erste, beste Stück Fließpapier oder Läppchen – anders kann ich mir die Sache nicht erklären.

Ungefähr fünf Jahre lebte Marcus im weisesten Seelenfrieden zu Paris; es ging ihm gut, ja sogar einer seiner Lieblingswünsche war in Erfüllung gegangen; er besaß eine kleine Wohnung mit eignen Möbeln, und zwar in der Nähe der Bibliothek! Ein Verwandter, ein Schwestersohn, besucht ihn hier eines Abends, und kann sich nicht genug darüber wundern, daß der Oheim sich plötzlich auf die Erde setzt und mit wilder trotziger Stimme die scheußlichsten Gassenlieder zu singen beginnt. Er, der nie gesungen, und in Wort und Ton immer die Keuschheit selbst war! Aber die Sache ward noch grauenhaft befremdlicher, als der Oheim zornig emporsprang, das Fenster aufstieß und erst seine Uhr zur Straße hinabschmiß, dann seine Manuskripte, Tintenfaß, Federn, seine Geldbörse. Als der Neffe sah, daß der Oheim das Geld zum Fenster hinauswarf konnte er nicht länger an seinem Wahnsinn zweifeln. Der Unglückliche ward in die Heilanstalt des Dr. Pinnel zu Chaillot gebracht, wo er nach vierzehn Tagen unter schauderhaften Leiden den Geist aufgab. Er starb am 15. Julius, und war am 17. auf dem Kirchhof Montmartre begraben. Ich habe leider seinen Tod zu spät erfahren, als daß ich ihm die letzte Ehre erweisen konnte. Indem ich heute diese Blätter seinem Andenken widme, wollte ich das Versäumte nachholen und gleichsam im Geist an seinem Leichenbegängnis teilnehmen.

Jetzt aber öffnet mir noch einmal den Sarg, damit ich nach altem Brauch den Toten um Verzeihung bitte für den Fall, daß ich ihn etwa im Leben beleidigt. – Wie ruhig der kleine Marcus jetzt aussieht! Er scheint darüber zu lächeln, daß ich seine gelehrten Arbeiten nicht besser gewürdigt habe. Daran mag ihm wenig gelegen sein, denn hier bin ich ja doch kein so kompetenter Richter wie etwa sein Freund S. Munk, der Orientalist, der mit einer umfassenden

Biographie des Verstorbenen und mit der Herausgabe seiner hinterlassenen Werke beschäftigt sein soll.

Spätere Note

(Im März 1854)

Da ich mich immer einer guten Gesinnung und eines ebenso guten Stiles beflissen, so genieße ich die Genugtuung, daß ich es wagen darf, unter dem anspruchsvollen Namen »Denkworte« die vorstehenden Blätter hier mitzuteilen, obgleich sie anonym für das Tagesbedürfnis der Augsburger »Allgemeinen Zeitung« bereits vor zehn Jahren geschrieben worden. Seit jener Zeit hat sich vieles in Deutschland verändert, und auch die Frage von der bürgerlichen Gleichstellung der Bekenner des mosaischen Glaubens, die gelegentlich in obigen Blättern besprochen ward, hat seitdem sonderbare Schicksale erlitten. Im Frühling des Jahres 1848 schien sie auf immer erledigt, aber, wie mit so vielen andern Errungenschaften aus jener Blütezeit deutscher Hoffnung, mag es jetzt in unsrer Heimat auch mit besagter Frage sehr rückgängig aussehen, und an manchen Orten soll sie sich wieder, wie man mir sagt, im schmachvollsten statu quo befinden. Die Juden dürften endlich zur Einsicht gelangen, daß sie erst dann wahrhaft emanzipiert werden können, wenn auch die Emanzipation der Christen vollständig erkämpft und sichergestellt worden. Ihre Sache ist identisch mit der des deutschen Volks, und sie dürfen nicht als Juden begehren, was ihnen als Deutschen längst gebührte.

Ich habe in obigen Blättern angedeutet, daß sich der Gelehrte S. Munk mit einer Herausgabe der hinterlassenen Schriften des seligen Marcus beschäftigen werde. Leider ist dieses jetzt unmöglich, da jener große Orientalist an einem Übel leidet, das ihm nicht erlaubt, sich einer solchen Arbeit zu unterziehen; er ist nämlich seit zwei Jahren gänzlich erblindet. Ich vernahm erst kürzlich dieses betrübsame Ereignis, und erinnere mich jetzt, daß der vortreffliche Mann trotz bedenklicher Symptome sein leidendes Gesicht nie schonen wollte. Als ich das letzte Mal die Ehre hatte, ihn auf der königlichen Bibliothek zu sehen, saß er vergraben in einem Wust von arabischen Manuskripten, und es war schmerzlich anzusehen, wie er seine kranken, blassen Augen mit der Entzifferung des phantastisch geschnörkelten Abrakadabra anstrengte. Er war Kustos in besagter Bibliothek, und er ist jetzt nicht mehr imstande, dieses kleine Amt zu verwalten. Hauptsächlich mit dem Ertrag seiner literarischen Arbeiten bestritt er den Unterhalt einer zahlreichen Familie. Blindheit ist wohl die härteste Heimsuchung, die einen deutschen Gelehrten treffen kann. Sie trifft diesmal die bravste Seele, die gefunden werden mag; Munk ist uneigennützig bis zum Hochmut, und bei all seinem reichen Wissen von einer rührenden Bescheidenheit. Er trägt gewiß sein Schicksal mit stoischer Fassung und religiöser Ergebung in den Willen des Herrn.

Aber warum muß der Gerechte so viel leiden auf Erden? Warum muß Talent und Ehrlichkeit zugrunde gehen, während der schwadronierende Hanswurst, der gewiß seine Augen niemals durch arabische Manuskripte trüben mochte, sich räkelt auf den Pfühlen des Glücks und fast stinkt vor Wohlbehagen? Das Buch Hiob löst nicht diese böse Frage. Im Gegenteil, dieses Buch ist das Hohelied der Skepsis, und es zischen und pfeifen darin die entsetzlichen Schlangen ihr ewiges: Warum? Wie kommt es, daß bei der Rückkehr aus Babylon die fromme Tempelarchiv-Kommission, deren Präsident Esra war, jenes Buch in den Kanon der heiligen Schriften aufgenommen? Ich habe mir oft die Frage gestellt. Nach meinem Vermuten taten solches jene gotterleuchteten Männer nicht aus Unverstand, sondern weil sie in ihrer hohen Weisheit wohl wußten, daß der Zweifel in der menschlichen Natur tief begründet und berechtigt ist, und daß man ihn also nicht täppisch ganz unterdrücken, sondern nur heilen muß. Sie verfuhren bei dieser Kur ganz homöopathisch, durch das Gleiche auf das Gleiche wirkend, aber sie gaben keine homöopathisch kleine Dosis, sie steigerten vielmehr dieselbe aufs ungeheurste, und eine solche überstarke Dosis von Zweifel ist das Buch Hiob; dieses Gift durfte nicht fehlen in der Bibel, in der großen Hausapotheke der Menschheit. Ja, wie der Mensch, wenn er leidet, sich ausweinen muß, so muß er sich auch auszweifeln, wenn er sich grausam gekränkt fühlt in seinen Ansprüchen auf Lebensglück; und wie durch das heftigste Weinen, so entsteht auch durch den höchsten Grad des Zweifels, den die Deutschen so richtig die Verzweiflung nennen, die Krisis der moralischen Heilung. – Aber wohl demjenigen, der gesund ist und keiner Medizin bedarf!

Loeve-Veimars Als ich das Übersetzungstalent des seligen Loeve-Veimars für verschiedene Artikel benutzte, mußte ich bewundern, wie derselbe während solcher Kollaborationen mir nie meine Unkenntnis der französischen Sprachgewohnheiten oder gar seine eigne linguistische Überlegenheit fühlen ließ. Wenn wir nach langstündigem Zusammenarbeiten endlich einen Artikel zu Papier gebracht hatten, lobte er meine Vertrautheit mit dem Geiste des französischen Idioms so ernsthaftig, so scheinbar erstaunt, daß ich am Ende wirklich glauben mußte, alles selbst übersetzt zu haben, um so mehr, da der feine Schmeichler sehr oft versicherte, er verstünde das Deutsche nur sehr wenig.

Es war in der Tat eine sonderbare Marotte von Loeve-Veimars, daß dasselbe, der das Deutsche ebensogut verstand wie ich, dennoch allen Leuten versicherte, er verstünde kein Deutsch. In den eben erschienenen »Memoiren eines Bourgeois de Paris« befindet sich in dieser Beziehung eine sehr ergötzliche Anekdote.[7]

Mit großem Leidwesen habe ich erfahren, daß Love-Veimars, der unlängst gestorben, von seinen Nekrologen in der Presse sehr unglimpflich besprochen worden, und daß sogar der alte Kamerad, der lange Zeit jeden Morgen sein brillanter Nebenbuhler war, mehr Nesseln als Blumen auf sein Grab gestreut hat. Und was hatte er ihm vorzuwerfen? Er sprach von dem erschrecklichen Lärm, welchen auf dem Pavé der idyllisch ruhigen Rue des Prêtres die heranrasselnde Karosse des Baron Loeve-Veimars verursachte, als derselbe nach seiner Rückkehr aus Bagdad einen Besuch bei der Redaktion des »Journals des Débats« abstattete. Und die Karosse war stattlich armoiriert, die kostbar angeschirrten Pferde waren *grispommelé*, und der Jäger, der vom Hinterbrett herabspringend mit unverschämter Heftigkeit die gellende Hausklingel zog, der lange Bursche trug einen hellgrünen Rock mit goldnen Tressen, an seinem Bandelier hing ein Hirschfänger, auf dem Haupte saß ein Offi-

---

[7] Dr. L. Véron erzählt nämlich auf S. 97 des dritten Bandes seiner oben erwähnten Memoiren, er habe einst die berühmte Tänzerin Fanny Eisler zu Tische geladen und Herrn Loeve-Veimars den Platz neben ihr angewiesen, mit der Bemerkung: »Sie können Deutsch reden.« Loeve-Veimars antwortete lachend: »Ich verstehe kein Wort Deutsch, aber Fräulein Eisler versteht Französisch, und ich behalte meinen Platz.« Der Herausgeber.

ziershut mit ebenfalls grünen Hahnenfedern, die keck und stolz flatterten.

Ja, das ist wahr, dieser Jäger war prächtig. Er hieß Gottlieb, trank viel Bier, roch außerordentlich stark nach Tabak, suchte so dumm als möglich auszusehen, und behauptete, der französischen Sprache unkundig zu sein, im Gegensatz zu seinem Herrn, der sich, wie ich oben erwähnt, immer ein Air gab, als verstünde er kein Wort Deutsch. Nebenbei gesagt, trotz seines radebrechenden Französisch und seiner gemeinen Manieren hatte ich Monsieur Gottlieb, der durchaus ein Deutscher sein wollte, im Verdacht, niemals schwäbische Original-Klöße gegessen zu haben und gebürtig zu sein aus Meaux Department de Seine & Oise.

Ich, der ich den Lebenden selten Schmeicheleien sage, empfinde auch keinen Beruf, den Abgeschiedenen zu schmeicheln, die wir nur dadurch am besten würdigen, wenn wir die Wahrheit sagen. Und wahrlich, unser armer Loewe braucht dies nicht zu fürchten. Dazu kommt, daß seine guten Handlungen immer durch glaubwürdige Zeugnisse konstatiert sind, während alles bösliche Gerücht, das über ihn in Umlauf war, immer unerwiesen blieb, auch unerweislich war, und schon mit seinem Naturell in Widerspruch stand. Das Schlimmste, was man gegen ihn vorbrachte, war nur die Eitelkeit, sich zum Baron zu machen – aber wem hat er dadurch Schaden zugefügt? In all' dieser adligen Ostentation sehe ich kein so großes Verbrechen, und ich begreife nicht, wie dadurch der alte Kamerad, der sonst so liebenswürdig menschlich intelligent war, einen so grämlichen Anfall von puritanischem Zelotismus bekommen konnte. Der illustre Biograph Debureau's und des toten Esels schien vergessen zu haben, daß er selber seine eigne Karosse besaß, daß er ebenfalls zwei Pferde hatte in seinen Ställen, auch mit einem galonierten Kutscher behaftet war, der sehr viel Hafer fraß, daß er ebenfalls ein Halbdutzend Bediente, Müßiggänger in Livree, besoldete, was ihn freilich nicht verhinderte, jedesmal, wenn bei ihm geklingelt ward, selbst heran zu springen und die Türe aufzumachen – Er trug dabei auf dem Haupte eine lilienweiße Nachtmütze, das baumwollene Nest, worin die tollen Einfalle des großen französischen Humoristen lustig zwitscherten –

In der Tat, Letzterer hätte geringeren Geistern die postumen Ausfälle gegen Loeve-Veimars überlassen sollen. Mancher darunter, der demselben sein Hauptvergehen, die Baronisierung, vorwarf, würde sich vielleicht ebenfalls mit einem mittelalterlichen Titel assübliert haben, wenn er nur den Mut seiner Eitelkeit besessen hätte. Loeve-Veimars aber hatte diesen Mut, und wenn man auch heimlich lächelte, so intimidierte er doch die öffentlichen Lacher, und die Hozier unserer Tage mäkelten nicht zu sehr an seinem Stammbaum, da er immer stählerne Urkunden in Bereitschaft hielt, welche aus dem Archiv von Lepage hervorgegangen.

Ja, jedenfalls die ritterliche Bravour konnte unserem Loeve nicht abgesprochen werden, und wenn er wirklich kein Baron war – worüber ich nie nachforschte – so war ich doch überzeugt, daß er verdiente, ein Baron zu sein. Er hatte alle guten Eigenschaften eines Grand Seigneur. In hohem Grade besaß er z.B. die der Freigebigkeit. Er übte sie bis zum Exzeß, und er mahnte mich in dieser Beziehung zuweilen an die arabischen Ritter der Wüste, welche vielleicht zu seinen Ahnherren gehörten, und bei denen die Freigebigkeit als die höchste Tugend gerühmt ward. Ist sie es wirklich? Ich erinnere mich immer, mit welchem Entzücken ich in den arabischen Märchen, die uns Galland übersetzt hat, die Geschichte von dem jungen Menschen las, der den großen Reichtum, den ihm sein Vater hinterlassen, durch übertriebene Freigebigkeit vergeudet hatte, so daß ihm am Ende von allen seinen Schätzen nur eine außerordentlich schöne Sklavin übrig geblieben. In Letztere war er sterblich verliebt; doch als ein unbekannter Beduine, der sie gesehen, ihre Schönheit mit Begeistrung bewunderte, überwältigte ihn die angeborene Großmut und höflich sagte er: »Wenn diese Dame dir so außerordentlich gefällt, so nimm sie hin als Geschenk.« Trotz seiner großen Leidenschaft für die Sklavin, welche in Tränen ausbrach, befahl er ihr, dem Unbekannten zu folgen, doch dieser war der berühmte Kalif Harun al Raschid, der in der Verkleidung eines Beduinen nächtlich in Bagdad umher zog, um sich inkognito mit eignen Augen über Menschen und Dinge zu unterrichten, und der Kalif war von der Großmut des freigebigen jungen Menschen so sehr erbaut, daß er ihm nicht bloß seine Geliebte zurückschickte, sondern ihn auch zu seinem Großvezier machte und mit neuen Reichtümern und einem prächtigen Palast, dem schönsten in Bagdad, beschenkte.

Bagdad, der Schauplatz der meisten Märchen der Scheherezade, die Hauptstadt von »Tausend und eine Nacht«, diese Stadt, deren Name schon einen phantastischen Zauber ausübt, war lange Zeit der Aufenthaltsort unseres Loeve-Veimars, der von 1838-1848 als französischer Konsul dort residierte. Niemand hat dort mit größerer Klugheit und Würde die Ehre Frankreichs vertreten, und eben bei den Orientalen war seine natürliche Prunksucht am rechten Platze, und er imponierte ihnen durch Verschwendung und Pracht. Wenn er in seiner Litère, oder in einem verschlossenen, reich geschmückten Palankin durch die Straßen von Bagdad getragen ward, umgab ihn seine Dienerschaft in den abenteuerlichsten Kostümen, einige dutzend Sklaven aus allen Ländern und von allen Farben, Bewaffnete in den sonderbarsten Armaturen, Pauken- und Zinken- und Tamtam-Schläger, die, auf Kamelen oder reich karapazonierten Maultieren sitzend, einen ungeheuren Lärm machten, und dem Zuge voran ging ein langer Bursche, der in einem Kaftan von Goldbrokat stak, auf dem Haupte einen indischen Turban trug, der mit Perlenschnüren, Edelsteinen und Maraboutfedern geschmückt, und dieser hielt in der Hand einen langen goldnen Stab, womit er das andringende Volk fort trieb, während er in arabischer Sprache schrie: »Platz für den allmächtigen, weisen und herrlichen Stellvertreter des großen Sultan Ludwig Philipp!« Jener Anführer des Gefolges war aber kein anderer als unser Monsieur Gottlieb, der diesmal nicht mehr einen Deutschen, sondern einen Ägypter oder Äthiopen vorstellte, diesmal auch vorgab, keine einzige von allen europäischen Sprachen zu verstehen; und gewiß in den Straßen von Bagdad noch weit mehr Spektakel machte, als in der friedlichen Rue des Prêtres zu Paris bei Gelegenheit jener Visite, worüber der alte Kamerad sich so mißlaunig in seinen Montagsfeuilleton vernehmen ließ.

In der Tat, durch seine äußere Erscheinung imponierte Loeve-Veimars minder den Orientalen, die vielmehr eine große Amtswürde gern durch eine große Korpulenz und sogar Obesität repräsentiert sehen. Diese Vorzüge mangelten aber dem französischen Konsul, der von sehr schmächtiger und eben nicht sehr großer Gestalt war, obgleich er auch durch seine Äußerlichkeit den Grand Seigneur nicht verleugnete. Ja, wie er, wenn es wirklich kein Baron war, doch es zu sein verdiente durch seinen Charakter, so trug auch seine leibliche Erscheinung alle Merkmale adliger Art und Weise. Auch in seinem Äußern war etwas Edelmännisches: eine feine, aalglatte, zierliche Gestalt, vornehme weiße Hände, deren didaphane Nägel mit besonderer Sorgfalt geglättet waren, ein zartes, fast weibisches Gesichtchen mit stechend blauen Augen, und Wangen, deren rosige Blüte mehr ein Produkt der Kunst als der Natur, und blondes Haar, das äußerst spärlich die Glatze bedeckte, aber durch alle mögliche Öle, Kämme und Bürsten sehr sorgfältig unterhalten wurde. Mit einer glücklichen Selbstzufriedenheit zeigte Loeve seinen Freunden zuweilen den Kasten, worin jene Kosmetika, die unzähligen Kämme und Bürsten von allen Dimensionen, und die dazu gehörigen Schwämme und Schwämmchen enthalten waren. Es war die Freude eines Kindes, das seine Spielsachen mustert – aber war das ein Grund, so bitterböse über ihn Zeter zu schreien? Er gab sich für keinen Cato aus, und unsere Catonen hatten kein Recht, von ihm jene Tugenden zu verlangen, mit welchen sie in ihren Journalen sich so republikanisch drapieren. Loeve-Veimars war kein Aristokrat, seine Gesinnung war vielmehr demokratisch, aber seine Gefühlsweise war, wie gesagt, die eines Gentilhomme.

Autobiographische Skizze

(1835)

An Pilarète Chasles

Paris, den 11. Januar 1835.

Soeben empfing ich das Schreiben, mit dem Sie mich beehrt haben, und ich beeile mich, die gewünschte Auskunft zu geben.

Ich bin geboren im Jahre 1800[8] zu Düsseldorf, einer Stadt am Rhein, die von 1806-1814 von den Franzosen okkupiert war, so daß ich schon in meiner Kindheit die Luft Frankreichs eingeatmet. Meine erste Ausbildung erhielt ich im Franziskanerkloster zu Düsseldorf. Späterhin besuchte ich das Gymnasium dieser Stadt, welches damals »Lyzeum« hieß. Ich machte dort alle die Klassen durch, wo *Humaniora* gelehrt wurden, und ich mich in der oberen Klasse ausgezeichnet, wo der Rektor Schallmeyer Philosophie, der Professor Brewer Mathematik, der Abbé Daulnoie die französische Rhetorik und Dichtkunst lehrte, und Professor Kramer die klassischen Dichter explizierte. Diese Männer leben noch jetzt, mit Ausnahme des ersteren, eines katholischen Priesters, der sich meiner ganz besonders annahm, wahrscheinlich des Bruders meiner Mutter, des Hofrats von Geldern wegen, der sein Universitätsfreund war, und auch, wie ich glaube, meines Großvaters wegen, des Doktors von Geldern, eines berühmten Arztes, der ihm das Leben gerettet.

Mein Vater war Kaufmann und ziemlich vermögend; er ist tot. Meine Mutter, eine treffliche Frau, lebt noch jetzt, zurückgezogen von der großen Welt. Ich habe eine Schwester, Frau Charlotte von Embden, und zwei Brüder, von welchen der eine, Gustav von Geldern (er hat den Namen der Mutter angenommen), Dragoneroffizier in Diensten Sr. Majestät des Kaisers von Östreich ist; der andere, Dr. Maximilian Heine, ist Arzt in der russischen Armee, mit welcher er den Übergang über den Balkan gemacht.

---

[8] Über Heine's Geburtsjahr vgl. den Brief an St. René Taillandier vom 3. November 1851, - H. Heine's Briefe, dritter Teil, S. 210. Der Herausgeber

Meine, durch romantische Launen, durch Etablissementsversuche, durch Liebe und durch andre Krankheiten unterbrochenen Studien wurden seit dem Jahre 1819 zu Bonn, zu Göttingen und zu Berlin fortgesetzt. Ich habe viertehalb Jahre in Berlin gelebt, wo ich mit den ausgezeichnetsten Gelehrten auf freundschaftlichem Fuße stand, und wo ich von Krankheiten aller Art, unter andern von einem Degenstich in die Lenden heimgesucht worden bin, den mir ein gewisser Scheller aus Danzig beigebracht, dessen Namen ich nie vergessen werde, weil er der einzige Mensch ist, der es verstanden hat, mich aufs empfindlichste zu verwunden.

Ich habe sieben Jahre lang auf den obengenannten Universitäten studiert, und zu Göttingen war es, wo ich, dorthin zurückgekehrt, den Grad als Doktor der Rechte nach einem Privatexamen und einer öffentlichen Disputation erhielt, bei welcher der berühmte Hugo, damals Dekan der juristischen Fakultät, mir auch nicht die kleinste, scholastische Formalität erließ. Obgleich dieser letztere Umstand Ihnen sehr geringfügig erscheinen mag, bitte ich Sie doch, davon Notiz zu nehmen, weil man in einem wider mich geschriebenen Buche die Behauptung aufgestellt hat, ich hätte mir mein akademisches Diplom nur erkauft. Unter all' den Lügen, die man über mein Privatleben hat drucken lassen, ist dies die einzige, die ich niederschlagen möchte. Da sehen Sie den Gelehrtenstolz! Man sage von mir, ich sei ein Bastard, ein Henkerssohn, ein Straßenräuber, ein Atheist, ein schlechter Poet – ich lache darüber; aber es zerreißt mir das Herz, meine Doktorwürde bestritten zu sehen! (Unter uns gesagt, obgleich ich Doktor der Rechte bin, ist die Jurisprudenz grade die Wissenschaft, von welcher ich unter allen am wenigsten weiß.)

Von meinem sechzehnten Jahre an habe ich Verse gemacht. Meine ersten Poesien wurden im Jahre 1821 zu Berlin gedruckt. Zwei Jahre später gab ich neue Gedichte nebst zwei Tragödien heraus. Die eine der letzteren ward zu Braunschweig, der Hauptstadt des gleichnamigen Herzogtums, aufgeführt und ausgepfiffen.[9] Im Jahre 1826 erschien der erste Band der »Reisebilder«; die drei andern Bände kamen einige Jahre später bei den Herren Hoffmann und

---

[9] Am 20. August 1823, über die äußeren Gründe der ungünstigsten Ausnahme des »Almansor« in Braunschweig vgl. die Schrift: AAA???»H. Heine. Sein Leben und seine Werke. Von Adolf Strodtmann.« Der Herausgeber

Campe heraus, welche noch immer meine Verleger sind. Während der Jahre 1826 – 1831 habe ich abwechselnd zu Lüneburg, zu Hamburg und zu München gelebt, wo ich mit meinem Freunde Lindner die »Politischen Annalen« herausgab. Seit zwölf Jahren habe ich die Herbstmonate stets am Meeresufer zugebracht, gewöhnlich auf einer der kleinen Inseln der Nordsee. Ich liebe das Meer wie eine Geliebte, und ich habe seine Schönheit und seine Launen besungen. Diese Dichtungen befinden sich in der deutschen Ausgabe der »Reisebilder«; in der französischen Ausgabe habe ich sie weggelassen sowie auch den polemischen Teil, der sich auf den Geburtsadel, auf die Teutomanen und auf die katholische Propaganda bezieht.

Was den Adel betrifft, so habe ich diesen noch in der Vorrede zu den »Briefen von Kahldorf« besprochen, die nicht von mir verfaßt sind, wie das deutsche Publikum irrtümlich glaubt. Was die Teutomanen, diese deutschen alten Weiber *(ces vieilles Allemagnes)*, betrifft, deren Patriotismus nur in einem blinden Hasse gegen Frankreich bestand, so habe ich sie in all' meinen Schriften mit Erbitterung verfolgt. Es ist dies eine Animosität, die noch von der Burschenschaft her datiert, zu welcher ich gehörte. Ich habe zur selben Zeit die katholische Propaganda, die Jesuiten Deutschlands, bekämpft, sowohl um Verleumder zu züchtigen, die mich zuerst angegriffen, als um einem protestantischen Sinne zu genügen. Dieser mag mich freilich bisweilen zu weit fortgerissen haben, denn der Protestantismus war mir nicht bloß eine liberale Religion, sondern auch der Ausgangspunkt der deutschen Revolution, und ich gehörte der lutherischen Konfession nicht nur durch den Taufakt an, sondern auch durch eine Kampfeslust, die mich an den Schlachten dieser *Ecclesia militans* teilnehmen ließ. Aber während ich die sozialen Interessen des Protestantismus verteidigte, habe ich aus meinen pantheistischen Sympathien niemals ein Hehl gemacht. Deshalb bin ich des Atheismus beschuldigt worden. Schlecht unterrichtete oder böswillige Landsleute haben schon lange das Gerücht verbreitet, ich hätte den saintsimonistischen Rock angezogen; andere beehrten mich mit dem Judentum. Es tut mir leid, daß ich nicht immer in der Lage bin, dergleichen Liebesdienste zu vergelten.

Ich habe nie geraucht; ebensowenig bin ich ein Freund des Bieres, und erst in Frankreich habe ich zum erstenmal Sauerkraut gegessen. In der Literatur habe ich mich in allem versucht. Ich habe lyrische, epische und dramatische Gedicht verfaßt; ich habe über Kunst, über Philosophie, über Theologie, über Politik geschrieben ... Gott verzeih's! Seit zwölf Jahren bin ich in Deutschland besprochen worden; man lobt mich oder man tadelt mich, aber stets mit Leidenschaft und ohne Ende. Da haßt, da verabscheut, da vergöttert, da beleidigt man mich. Seit dem Monat Mai 1831 lebe ich in Frankreich. Seit fast vier Jahren habe ich keine deutsche Nachtigall gehört.

Aber genug! ich werde traurig. Wenn Sie noch andere Auskunft wünschen, will ich sie Ihnen mit Vergnügen erteilen. Ich sehe es immer gern, wenn Sie mich selbst darum angehen. Reden Sie gut von mir, reden Sie gut von Ihrem Nächsten, wie das Evangelium es gebeut, und genehmigen Sie die Versicherung der ausgezeichneten Hochachtung, mit welcher ich bin, etc.

Heinrich Heine.

Albert Methfessel

Hamburg, Mitte Oktober 1823.

Unsre gute Stadt Hamburg, die vor einigen Jahren durch das Ableben des braven, groben, herzensbiedern, kenntnisvollen und antikatalanistischen Schwenke einen noch unvergessenen Verlust erlitt, scheint jetzt hinlänglichen Ersatz dafür zu finden, indem sich einer der ausgezeichnetsten Musiker hier niederlassen will. Das ist Albert Methfessel, dessen Liedermelodien durch ganz Deutschland verbreitet sind, von allen Volksklassen geliebt werden, und sowohl im Kränzchen sanftmütiger Philisterlein als in der wilden Kneipe zechender Bursche klingen und widerklingen. Auch Referent hat zu seiner Zeit manches hübsche Lied aus dem Methfessel'schen Kommersbuche ehrlich mitgesungen, hat schon damals Mann und Buch hochgeschätzt. Wahrlich, man kann jene Komponisten nicht genug ehren, welche uns Liedermelodien geben, die von der Art sind, daß sie sich Eingang bei dem Volk verschaffen und rechte Lebenslust und wahren Frohsinn verbreiten. Die meisten Komponisten sind innerlich so verkünstelt, versumpft und verschroben, daß sie nichts Reines, Schlichtes, kurz nichts Natürliches hervorbringen können – und das Natürliche, das organisch Hervorgegangene und mit dem unnachahmlichen Stempel der Wahrheit Gezeichnete ist es eben, was den Liedermelodien jenen Zauber verleiht, der sie allen Gemütern einprägt und sie populär macht. Einige unserer Komponisten sind zwar der Natur noch immer nahe genug geblieben, daß sie dergleichen schlichte Liederkompositionen liefern könnten; aber teils dünken sie sich zu vornehm dazu, teils gefallen sie sich in absichtlichen Naturabweichungen, und fürchten, daß man sie nicht für wirkliche Künstler halten möchte, wenn sie nicht musikalische Kunststücke machen. Das Theater ist die nächste Ursache, warum das Lied vernachlässigt wird; alles, was nur den Generalbaß studiert oder halb studiert oder gar nicht studiert hat, stürmt nach den Brettern. Leidige Nachahmerei, Untergang mancher wirklich Talentvollen! Weichmütige Blütenseelen wollen kolossale Elefanten-Musik hervor posaunen und pauken; handfeste Kraftkerle wollen süße Rossini'sche Rosinen-Musik oder gar noch überzuckerte Rosinen-Musik hervor hauchen. Gott besser's! – Wir wollen daher Komponisten wie Methfessel ehren – und ihn ganz besonders – und seine Liedermelodien dankbar anerkennen.

Die Romantik

(1820)

Was Ohnmacht nicht begreift, sind Träumereien.
A. W. v. Schlegel.

No. 12, 14 und 27 des »Kunst- und Unterhaltungsblatts« enthält eine alte, aber neu aufgewärmte und glossierte Satire wider Romantik und romantische Form.[10] Ob man zwar einer solchen Satire eigentlich nur mit einer Gegensatire entgegnen sollte, so ist es dennoch die Frage, ob man hiedurch der Sache selbst nützen würde. No. 124 der »Hall. allgem. Literatur-Zeitung« enthält die Rezension einer solchen Gegensatire, deren Wirkung auf die Gegenpartei dieselbe zu sein scheint, welche auch jene Karfunkel- und Solaris-Satiren auf die Romantiker ausgeübt haben, nämlich Achselzucken. Ich wenigstens möchte daher nicht ohne Aussicht, dadurch nutzen zu können, also bloß des Scherzes halber, von einer Sache sprechen, von der die Ausbildung des deutschen Wortes fast ausschließlich abhängt. Denn wenn man auf den Rock schlägt, so trifft der Hieb auch den Mann, der im Rocke steckt, und wenn man über die poetische Form des deutschen Wortes spöttelt, so läuft auch manches mit unter, wodurch das deutsche Wort selbst verletzt wird. Und dieses Wort ist ja eben unser heiligstes Gut, ein Grenzstein Deutschlands, den kein schlauer Nachbar verrücken kann, ein Freiheitswecker, dem kein fremder Gewaltiger die Zunge lähmen kann, eine Oriflamme in dem Kampfe für das Vaterland, ein Vaterland selbst demjenigen, dem Torheit und Arglist ein Vaterland verweigern. – Ich will daher mit wenigen Worten, ohne polemische Ausfälle, und ganz unbefangen, meine subjektiven Ansichten über Romantik und romantische Form hier mitteilen.

---

[10] Der in Rede stehende Aufsatz war eine von W. v. Blomberg verfaßte Erklärung des im Jahrgange 1810 des Heidelberger Taschenbuchs enthaltenen Sonett-Dramas, betitelt: »Des sinnreichen himmlischen Boten Phosphorus Confuculus-Solaris jüngste Komödie, von ihm selbst geboren, gegeben und geschaut.« Der Herausgeber.

Im Altertum, das heißt eigentlich bei Griechen und Römern, war die Sinnlichkeit vorherrschend. Die Menschen lebten meistens in äußern Anschauungen, und ihre Poesie hatte vorzugsweise das Äußere, das Objektive, zum Zweck und zugleich zum Mittel der Verherrlichung. Als aber ein schöneres und milderes Licht im Oriente aufleuchtete, als die Menschen anfingen zu ahnen, daß es noch etwas Besseres gibt als Sinnenrausch, als die unüberschwänglich beseligende Idee des Christentums, die Liebe, die Gemüter zu durchschauen begann: da wollten auch die Menschen diese geheimen Schauer, diese unendliche Wehmut und zugleich unendliche Wollust mit Worten aussprechen und besingen. Vergebens suchte man nun durch die alten Bilder und Worte die neuen Gefühle zu bezeichnen. Es mußten jetzt neue Bilder und neue Worte erdacht werden, und just solche, die durch eine geheime sympathetische Verwandtschaft mit jenen neuen Gefühlen diese letztern zu jeder Zeit im Gemüte erwecken und gleichsam heraufbeschwören konnten. So entstand die sogenannte romantische Poesie, die in ihrem schönsten Lichte im Mittelalter aufblühte, späterhin vom kalten Hauch der Kriegs- und Glaubensstürme traurig dahinwelkte, und in neuerer Zeit wieder lieblich aus dem deutschen Boden aufsproßte und ihre herrlichsten Blumen entfaltete. Es ist wahr, die Bilder der Romantik sollten mehr erwecken als bezeichnen. Aber nie und nimmermehr ist dasjenige die wahre Romantik, was so viele dafür ausgeben, nämlich ein Gemengsel von spanischem Schmelz, schottischen Nebeln und italienischem Geklinge, verworrene und verschwimmende Bilder, die gleichsam aus einer Zauberlaterne ausgegossen werden und durch buntes Farbenspiel und frappante Beleuchtung seltsam das Gemüt erregen und ergötzen. Wahrlich, die Bilder, wodurch jene romantischen Gefühle erregt werden sollen, dürfen ebenso klar und mit ebenso bestimmten Umrissen gezeichnet sein als die Bilder der plastischen Poesie. Diese romantischen Bilder sollen an und für sich schon ergötzlich sein; sie sind die kostbaren goldenen Schlüssel, womit, wie alte Märchen sagen, die hübschen verzauberten Feengärten aufgeschlossen werden. – So kommt es, daß unsere zwei größten Romantiker, Goethe und A. W. von Schlegel, zu gleicher Zeit auch unsere größten Plastiker sind. In Goethe's »Faust« und Liedern sind dieselben reinen Umrisse, wie in der »Iphigenie«, in »Hermann und Dorothea«, in den Elegien usw.; und in den romantischen Dichtungen Schlegel's sind dieselben sicher und bestimmt gezeichneten Konturen, wie in dessen wahrhaft plastischen »Rom«. O, möchten dies doch endlich diejenigen beherzigen, die sich so gern Schlegelianer nennen.

Viele aber, die bemerkt haben, welchen ungeheuren Einfluß das Christentum, und in dessen Folge das Rittertum, auf die romantische Poesie ausgeübt haben, vermeinen nun beides in ihre Dichtungen einmischen zu müssen, um denselben den Charakter der Romantik aufzudrücken. Doch glaube ich, Christentum und Rittertum waren nur Mittel, um der Romantik Eingang zu verschaffen; die Flamme derselben leuchtet schon längst auf dem Altare unserer Poesie; kein Priester braucht noch geweihtes Öl hinzuzugießen, und kein Ritter braucht mehr bei ihr die Waffenwacht zu halten. Deutschland ist jetzt frei; kein Pfaffe vermag mehr die deutschen Geister einzukerkern; kein adliger Herrscherling vermag mehr die deutschen Leiber zur Frohn zu peitschen, und deshalb soll auch die deutsche Muse wieder ein freies, blühendes, unaffektiertes, ehrlich deutsches Mädchen sein, und kein schmachtendes Nönnchen und kein ahnenstolzes Ritterfräulein.

Möchten doch viele diese Ansicht teilen! dann gäbe es bald keinen Streit mehr zwischen Romantikern und Plastikern. Doch mancher Lorbeer muß welken, ehe wieder das Ölblatt auf unserem Parnassus hervorgrünt.

Verschiedenartige Geschichtsauffassung

Das Buch der Geschichte findet mannigfaltige Auslegungen. Zwei ganz entgegengesetzte Ansichten treten hier besonders hervor. – Die einen sehen in allen irdischen Dingen nur einen trostlosen Kreislauf; im Leben der Völker wie im Leben der Individuen, in diesem, wie in der organischen Natur überhaupt, sehen sie ein Wachsen, Blühen, Welken und Sterben: Frühling, Sommer, Herbst und Winter. »Es ist nichts Neues unter der Sonne!« ist ihr Wahlspruch; und selbst dieser ist nichts Neues, da schon vor zwei Jahrtausenden der König des Morgenlandes ihn hervorgeseufzt. Sie zucken die Achsel über unsere Zivilisation, die doch endlich wieder der Barbarei weichen werde; sie schütteln den Kopf über unsere Freiheitskämpfe, die nur dem Aufkommen neuer Tyrannen förderlich seien; sie lächeln über alle Bestrebungen eines politischen Enthusiasmus, der die Welt besser und glücklicher machen will, und der doch am Ende erkühle und nichts gefruchtet; – in der kleinen Chronik von Hoffnungen, Nöten, Mißgeschicken, Schmerzen und Freuden, Irrtümern und Enttäuschungen, womit der einzelne Mensch sein Leben verbringt, in dieser Menschengeschichte sehen sie auch die Geschichte der Menschheit. In Deutschland sind die Weltweisen der historischen Schule und die Poeten aus der Wolfgang-Goethe'schen Kunstperiode ganz eigentlich dieser Ansicht zugetan, und letzere pflegen damit einen sentimentalen Indifferentismus gegen alle politischen Angelegenheiten des Vaterlandes allersüßlichst zu beschönigen. Eine zur Genüge wohlbekannte Regierung in Norddeutschland weiß ganz besonders diese Ansicht zu schätzen, sie läßt ordentlich Menschen darauf reisen, die unter den elegischen Ruinen Italiens die gemütlich beschwichtigenden Fatalitätsgedanken in sich ausbilden sollen, um nachher, in Gemeinschaft mit vermittelnden Predigern christlicher Unterwürfigkeit, durch kühle Journalaufschläge das dreitägige Freiheitsfieber des Volkes zu dämpfen. Immerhin, wer nicht durch freie Geisteskraft emporsprießen kann, der mag am Boden ranken; jener Regierung aber wird die Zukunft lehren, wie weit man kommt mit Ranken und Ränken.

Der oben besprochenen, gar fatalen fatalistischen Ansicht steht eine lichtere entgegen, die mehr mit der Idee einer Vorsehung verwandt ist, und wonach alle irdischen Dinge einer schönen Vervollkommenheit entgegen reifen, und die großen Helden und Heldenzeiten nur Staffeln sind zu einem höheren gottähnlichen Zustande des Menschengeschlechtes, dessen sittliche und politische Kämpfe endlich den heiligsten Frieden, die reinste Verbrüderung und die ewigste Glückseligkeit zur Folge haben. Das goldne Zeitalter, heißt es, liege nicht hinter uns, sondern vor uns; wir seien nicht aus dem Paradiese vertrieben mit einem flammenden Schwerte, sondern wir müßten es erobern durch ein flammendes Herz, durch die Liebe; die Frucht der Erkenntnis gebe uns nicht den Tod, sondern das ewige Leben. – »Zivilisation« war lange Zeit der Wahlspruch bei den Jüngern solcher Ansicht. In Deutschland huldigte ihr vornehmlich die Humanitätsschule. Wie bestimmt die sogenannte philosophische Schule dahin zielt, ist männiglich bekannt. Sie war den Untersuchungen politischer Fragen ganz besonders förderlich, und als höchste Blüte dieser Ansicht predigt man eine idealische Staatsform, die, ganz basiert auf Vernunftgründen, die Menschheit in letzter Instanz veredeln und beglücken soll. – Ich brauche wohl die begeisterten Kämpen dieser Ansicht nicht zu nennen. Ihr Hochstreben ist jedenfalls erfreulicher als die kleinen Windungen niedriger Ranken; wenn wir sie einst bekämpfen, so geschehe es mit dem kostbarsten Ehrenschwerte, während wir einen rankenden Knecht nur mit der wahlverwandten Knute abfertigen werden.

Beide Ansichten, wie ich sie angedeutet, wollen nicht recht mit unseren lebendigsten Lebensgefühlen überein klingen; wir wollen auf der einen Seite nicht umsonst begeistert sein und das Höchste setzen an das unnütz Vergängliche; auf der anderen Seite wollen wir auch, daß die Gegenwart ihren Wert behalte, und daß sie nicht bloß als Mittel gelte und die Zukunft ihr Zweck sei. Und in der Tat, wir fühlen uns wichtiger gestimmt, als daß wir uns nur als Mittel zu einem Zwecke betrachten möchten; es will uns überhaupt bedünken, als seien Zweck und Mittel nur konventionelle Begriffe, die der Mensch in die Natur und in die Geschichte hinein gegrübelt, von denen aber der Schöpfer nichts wußte, indem jedes Erschaffnis sich selbst bezweckt und jedes Ereignis sich selbst bedingt, und alles, wie die Welt selbst, seiner selbst willen da ist und geschieht. – Das Leben ist weder Zweck noch Mittel; das Leben ist ein Recht. Das Leben will dieses Recht geltend machen gegen den erstarrenden Tod, gegen die Vergangenheit, und dieses Geltendmachen ist die

Revolution. Der elegische Indifferentismus der Historiker und Poeten soll unsere Energie nicht lahmen bei diesem Geschäfte; und die Schwärmerei der Zukunftsbeglücker soll uns nicht verleiten, die Interessen der Gegenwart und das zunächst zu verfechtende Menschenrecht, das Recht zu leben, aufs Spiel zu setzen. – *Le pain est le droit du peuple,* sagte Saint-Just, und das ist das größte Wort, das in der ganzen Revolution gesprochen worden.

Eingangsworte zur Übersetzung eines lappländischen Gedichts

Lappland bildet die äußerste Spitze der russischen Besitzungen im Norden, und die vornehmen oder wohlhabenden Lappländer, welche an der Schwindsucht leiden, pflegen nach St. Petersburg zu reisen, um hier die Annehmlichkeiten eines südlichen Klimas zu genießen. Bei manchen dieser kranken Exilanten gesellen sich dann zu dem physischen Siechtum auch wohl die moralischen Krankheiten der europäischen Zivilisation, mit welcher sie in Kontakt kommen. Sie beschäftigten sich jetzt mit Politik und Religion. Die Lektüre der *»Soirées de St. Petersbourg«*, die sie für ein nützliches Handbuch hielten, für einen Guide dieser Hauptstadt, belehrte sie, daß der Stützpunkt der bürgerlichen Gesellschaft der Henker sei; doch die Reaktion bleibt nicht aus, und von ???de Bourreaukratie des de Maistre springen sie über zum herbsten Kommunismus, sie erklären alle Rentiere und Seehunde als Staatseigentum, sie lesen Hegel und werden Atheisten; doch bei zunehmender Rückgratschwindsucht lenken sie wieder gelinde ein und schlagen über in weinerlichen Pietismus, werden Mucker, wo nicht gar Anhänger der Sionsmutter. – Dem französischen Leser sind diese zwei Religionssekten vielleicht wenig bekannt; in Deutschland sind sie es leider desto mehr, in Deutschland, ihrer eigentlichen Heimat. Die Mucker herrschen vorzüglich in den östlichen Provinzen der preußischen Monarchie, wo die höchsten Beamten zu ihnen gehörten. Sie huldigen der Lehre, daß es nicht hinreichend sei, sein Leben ohne Sünde zu verbringen, sondern daß man auch mit der Sünde gekämpft und ihr widerstanden habe müsse; der Sieger, und sei er auch mit Sündenwunden bedeckt, wäre gottgefälliger als der unverwundete Rekrut der Tugend, der nie in der Schlacht gewesen. Deshalb in ihren Zusammenkünften, oder auch in einem Tête-à-tête von Personen beider Geschlechter, suchen sie sich wechselseitig, durch wollüstige Betastung zur Sünde zu reizen, doch sie widerstehen allen Anfechtungen der Sünde – ist es nicht der Fall, je nun, so werden ein andermal die Angriffe, das ganze Manöver, wiederholt.

Die Sekte von der Sionsmutter hatte ihren Hauptsitz in einer westpreußischen Provinz, nämlich im Wuppertale des Großherzogentums Berg, und das Prinzip ihrer Lehre hat eine gewisse Hegel'sche Färbung. Es beruht auf der Idee: nicht der einzelne Mensch, sondern die ganze Menschheit sei Gott; der Sohn Gottes, der erwartete Heiland unserer Zeit, der sogenannte Sion, könne daher nicht von einem einzelnen Menschen, sondern er könne nur von der ganzen Menschheit gezeugt werden, und seine Gebärerin, die Sionsmutter, müsse daher nicht von einem einzelnen Menschen, sondern von der Gesamtheit der Menschen, von der Menschheit, befruchtet werden. Diese Idee einer Befruchtung durch die Gesamtheit der Menschen suchte nun die Sionsmutter so nahe als möglich zu verwirklichen, sie substituierte ihr die Vielheit der Menschen und es entstand eine mystische Polyandrie, welcher die preußische Regierung durch Gendarmen ein Ende machte. Die Sionsmutter im Wuppertaler war eine vierzigjährige, bläßliche und krankhafte Person. Sie verschwand vom Schauplatz, und ihre Mission ist gewiß auf eine andere übergegangen. – Wer weiß, die Sionsmutter lebt vielleicht hier unter uns zu Paris, und wir, die wir ihre heilige Aufgabe nicht kennen, verlästern sie und ihren Eifer für das Heil der Menschheit.

Unter die Krankheiten, denen die Lappländer ausgesetzt sind, welche nach Petersburg kommen, um die Milde eines südlichen Klimas zu genießen, gehört auch die Poesie. Einer solchen Kontagion verdanken wir das nachstehende Gedicht, dessen Verfasser ein junger Lappländer ist, der wegen Rückenmarkschwindsucht nach Petersburg emigrierte und dort vor geraumer Zeit gestorben. Er hatte viel Talent, war befreundet mit den ausgezeichnetsten Geistern der Hauptstadt, und beschäftigte sich viel mit deutscher Philosophie, die ihn bis an den Rand des Atheismus brachte. Durch die besondere Gnade des Himmels ward er aber noch zeitig aus dieser Seelengefahr gerettet, er kam noch vor seinem Tode zur Erkenntnis Gottes, was seine Unglaubensgenossen sehr skandalisierte: der ganze hohe Klerus des Atheismus schrie Anathem über den Renegaten der Gottlosigkeit. Unterdessen aber nahmen seine körperlichen Leiden zu, seine Finanzen nahmen ab, und die wenigen Rentiere, welche sein Vermögen ausmachten, waren bald bis zum letzten aufgegessen. Im Hospitale, dem letzten Asyl der Poeten, sprach er zu einem der zwei Freunde, die ihm treu geblieben: »Leb wohl! Ich verlasse diese Erde, wo das Geld und die Intrige zur Alleinherrschaft gelangt – nur eins tat mir weh: ich sah, daß man durch Geld und Intrige auch den Ruhm eines Genies erlangen, als solches gefeiert werden kann, nicht bloß von einer kleinen Anzahl Unmündiger, sondern von den Begabtesten, von der ganzen Zeitgenossenschaft und bis zum äußersten Winkel der Welt.« In diesem Augenblicke klang unter den Fenstern des Hospitals ein Leierkasten, dudelnd: »Das Geld ist nur Chimäre«, die berühmte Melodie von Meyerbeer – Der Kranke lächelte, verhüllte das Haupt und starb.

Über tredition

Eigenes Buch veröffentlichen

tredition wurde 2006 in Hamburg gegründet und hat seither mehrere tausend Buchtitel veröffentlicht. Autoren veröffentlichen in wenigen leichten Schritten gedruckte Bücher, e-Books und audio-Books. tredition hat das Ziel, die beste und fairste Veröffentlichungsmöglichkeit für Autoren zu bieten.

tredition wurde mit der Erkenntnis gegründet, dass nur etwa jedes 200. bei Verlagen eingereichte Manuskript veröffentlicht wird. Dabei hat jedes Buch seinen Markt, also seine Leser. tredition sorgt dafür, dass für jedes Buch die Leserschaft auch erreicht wird.

Im einzigartigen Literatur-Netzwerk von tredition bieten zahlreiche Literatur-Partner (das sind Lektoren, Übersetzer, Hörbuchsprecher und Illustratoren) ihre Dienstleistung an, um Manuskripte zu verbessern oder die Vielfalt zu erhöhen. Autoren vereinbaren direkt mit den Literatur-Partnern die Konditionen ihrer Zusammenarbeit und partizipieren gemeinsam am Erfolg des Buches.

Das gesamte Verlagsprogramm von tredition ist bei allen stationären Buchhandlungen und Online-Buchhändlern wie z. B. Amazon erhältlich. e-Books stehen bei den führenden Online-Portalen (z. B. iBookstore von Apple oder Kindle von Amazon) zum Verkauf.

Einfach leicht ein Buch veröffentlichen: **www.tredition.de**

Eigene Buchreihe oder eigenen Verlag gründen

Seit 2009 bietet tredition sein Verlagskonzept auch als sogenanntes "White-Label" an. Das bedeutet, dass andere Unternehmen, Institutionen und Personen risikofrei und unkompliziert selbst zum Herausgeber von Büchern und Buchreihen unter eigener Marke werden können. tredition übernimmt dabei das komplette Herstellungs- und Distributionsrisiko.

Zahlreiche Zeitschriften-, Zeitungs- und Buchverlage, Universitäten, Forschungseinrichtungen u.v.m. nutzen diese Dienstleistung von tredition, um unter eigener Marke ohne Risiko Bücher zu verlegen.

Alle Informationen im Internet: **www.tredition.de/fuer-verlage**

tredition wurde mit mehreren Innovationspreisen ausgezeichnet, u. a. mit dem Webfuture Award und dem Innovationspreis der Buch Digitale.

tredition ist Mitglied im Börsenverein des Deutschen Buchhandels.

Dieses Werk elektronisch lesen

Dieses Werk ist Teil der Gutenberg-DE Edition DVD. Diese enthält das komplette Archiv des Projekt Gutenberg-DE. Die DVD ist im Internet erhältlich auf **http://gutenbergshop.abc.de**